新装版

取次屋栄《えい》三《ざ》

岡本さとる

祥伝社文庫

目次

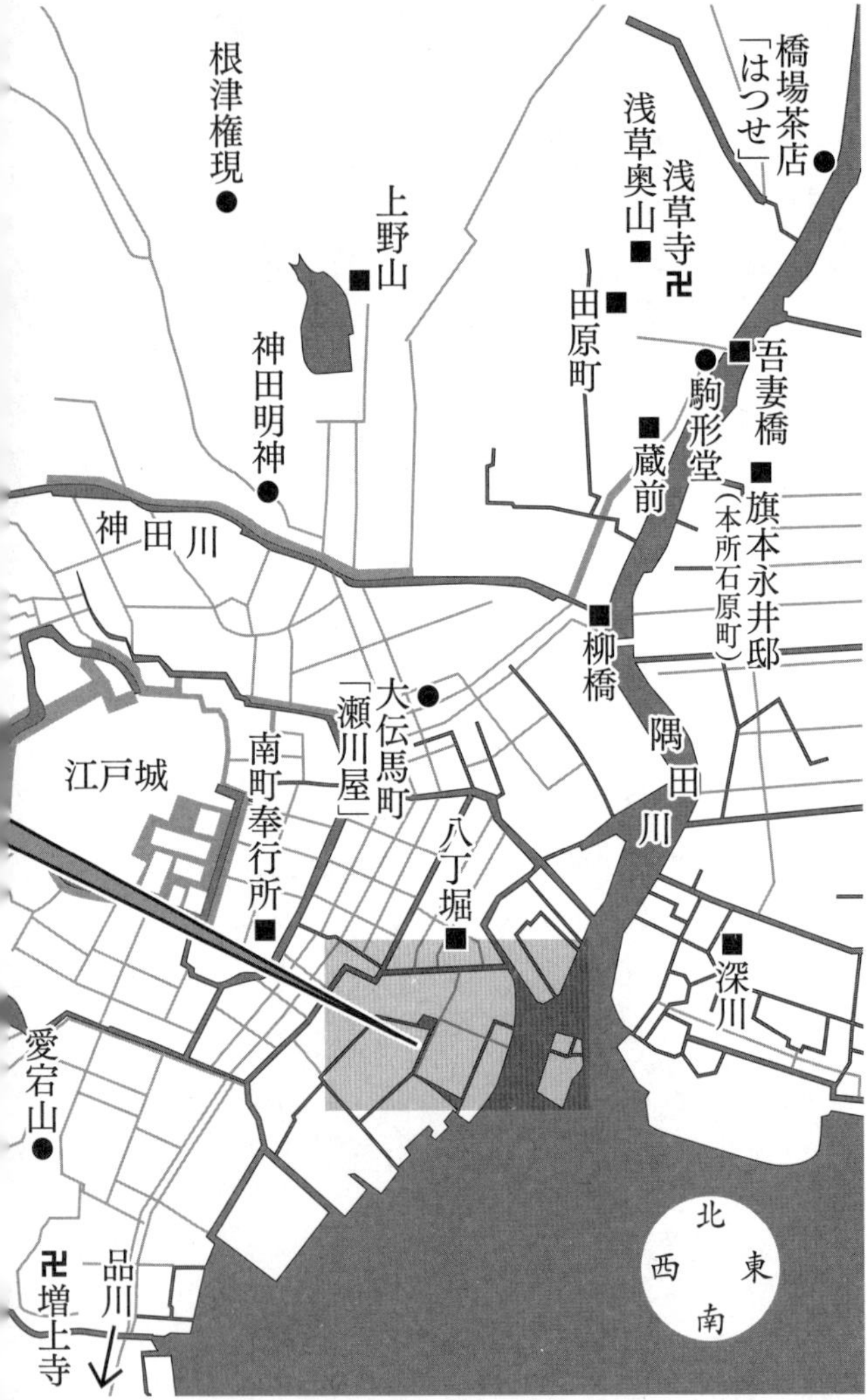
橋場茶店「はつせ」
浅草奥山
浅草寺
根津権現
上野山
田原町
吾妻橋
駒形堂
神田明神
蔵前
旗本永井邸（本所石原町）
神田川
柳橋
大伝馬町「瀬川屋」
隅田川
江戸城
南町奉行所
八丁堀
深川
愛宕山
北
西
東
南
品川
増上寺

「取次屋栄三」の舞台

京橋界隈
居酒屋「そめじ」
弾正橋
京橋川
白魚橋
京橋
中ノ橋
比丘尼橋
水谷町栄三郎の「手習い道場」
紀伊国橋
善兵衛長屋
木挽町二丁目唐辛子屋「たけや」
新シ橋
木挽橋
西本願寺
石川島
住吉大明神
佃島
船松町
鉄砲洲
十軒店

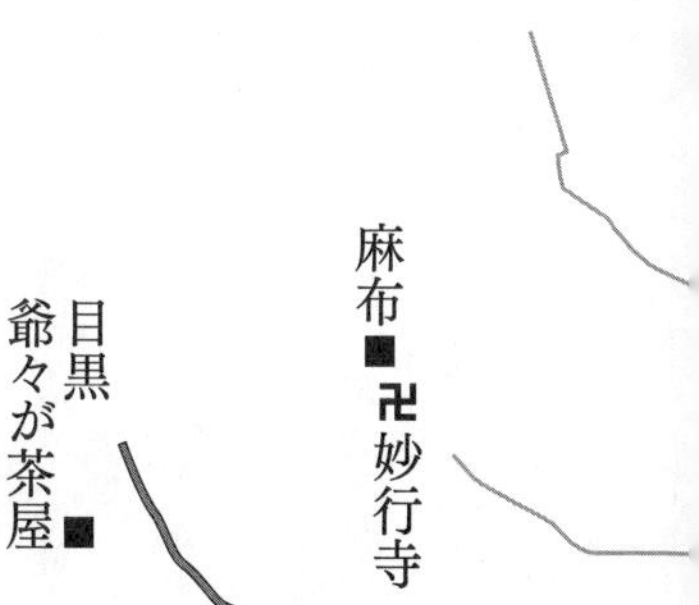
麻布
妙行寺
目黒
爺々が茶屋

地図作成／三潮社

第一話

幼馴染《おさななじみ》

一

その時、寝惚《ねぼ》け眼《まなこ》をこすりながら、供侍《ともざむらい》を一人連れた、旗本・沖山大炊介《おきやまおおいのすけ》が料理茶屋から出て来た。

まだ明けきらぬ浅草奥山《あさくさおくやま》には、薄靄《うすもや》がかかっている。

本来、将軍の身辺を警護することが役目である旗本は、勝手な外泊は許されない。

それ故《ゆえ》、茶屋で芸者遊びなどをして一晩屋敷をあけることなどもっての他のことで、このように夜が白《しら》む頃、そうっと茶屋を出るのである。

すぐにでも駕籠《かご》に乗り込むべきところではあるが、昨夜の酒が残っていて大炊介の頭にずしりと重りを載せたような痛みを響かせている。

「誰に会うわけでもあるまい。まず、風に当たり酔いを醒《さ》ますとしよう」

と、仄《ほの》かに身体に漂う、女の残り香を楽しみつつ歩き出した。

それを待ち構えていたように、浅草寺《せんそうじ》の裏手の道で、大炊介に声をかけた者があった。

「お殿様、このところは奥山でお遊びでございますか……」

「仁助《にすけ》か……」

　大炊介は顔をしかめた。

「まさか、斯様《かよう》な所で、この大炊介を待ち伏せていたわけではあるまいな」

「その、まさかでございまする」

「何じゃと……」

　仁助という四十過ぎの男は深々と頭を下げた。見た様子では、客あしらいに長《た》けた、粋筋《いきすじ》の者の風である。

「伏してお願い申し上げます。こちらでお遊びになられるのはようございますが、辰巳《たつみ》の方がお飽きになられたのならば、まずは、お溜《た》めになられました茶屋の払いを済まして頂《いただ》きとう存じまする」

　仁助は深川《ふかがわ》の料理茶屋の番頭で、払いを溜めたまま店に来なくなった大炊介に、支払いの催促に来たのだ。

「ふん、夜討ち朝駆けとはこのことじゃ。御苦労なことよのう。わかった。すぐに届けさせる故《ゆえ》、待っていよ」

　大炊介は吐き捨てるように言うと、再び歩き出した。

「すぐにとは、いつのことにござりましょう」

仁助は尚《なお》もすがった。その様子には今日こそは払ってもらうという気迫がこもっていた。

「たわけ者めが！」

大炊介は一喝した。

「すぐにと申せば、必ず払うということじゃ。天下の直参《じきさん》に向かって無礼であろう。おのれ、まだそのつれを申すならば、これにて手討にしてくれよう」

恐ろしい剣幕で刀の柄《つか》に手をかける大炊介に、命あっての物種と、仁助は「ヘエーッ」と飛び下がって畏《かしこ》まる。

今までもこの繰り返しであったのだろう。何かと言うと権威を振りかざし、強弁で押し通す輩《やから》は、いつの世も絶えることがない。

仁助を睨《にら》みつつ、薄ら笑いを浮かべる大炊介であったが、ここに意外な男が登場する。

「如何《いかが》なされました……」

町人相手に刀に手をかける大身《たいしん》の侍の姿に、何事かと、一人の武士がやって来たのである。

武士は腰に両刀を帯し、筒袖《つつそで》に裁着袴《たつつけばかま》という、いかにも武骨な出立ち――。

頭は総髪に結い、背はさほど高くはないが体はしっかりと引き締まっていて、
やや面長の顔の中で、眉はきりりとして、眼は切れ長で鋭い――。

いずれかの剣客《けんかく》が、早朝から野に出て鍛練《たんれん》をしていたという様子である。

酒色に耽《ふけ》り、朝帰りの大炊介は、この侍に声をかけられて気遅れがしたか、

「あ、いや、大事ござらぬ……」

と、つい威儀《いぎ》を正した。

「や、貴方様は、沖山大炊介様ではござりませぬか」

侍は、大炊介をまじまじと見つめて、

「いや、これは御無礼仕《つかまつ》りました」

その場に控《ひか》えた。

「み、身共を御存じか……」

これには大炊介の方が驚いた。

「存じ上げておりますとも。某《それがし》は、気楽流岸裏伝兵衛《きらくりゅうきしうらでんべえ》の門人にて、秋月栄三郎《あきづきえいざぶろう》と申す者にて。師について、何度も戸賀崎《とがざき》先生の道場に稽古《けいこ》に参りました」

「なるほど、戸賀崎先生の道場で……」

戸賀崎先生というのは、神道無念流《しんとうむねん》の遣《つか》い手・戸賀崎熊太郎《くまたろう》のことで、その名声を聞き及び、麴町《こうじまち》の戸賀崎道場には多くの旗本の子弟が入門していた。

大炊介もその一人で、戸賀崎にはよく、

「気合が足りぬ！」

と、怒られては叩《たた》き伏せられたものだ。

それ故に、その名を出されると、どうもかつての恐怖が蘇《よみがえ》って調子が悪くなる。

「いや、あの時の大炊介様の太刀筋は、なかなかに鋭いものでございました。それ故に某、御名を今でも覚えているというわけで……」

「そうであったか、これは奇遇じゃな」

笑って応えたものの、大炊介は一刻も早くこの場を立ち去りたかった。

戸賀崎熊太郎は十年ほど前に、道場を閉じ、郷里である武州清久《ぶしゅうきよく》に帰ったが、その後を継いだ、岡田十松吉利《おかだじゅうまつよしとし》はさらに大名、旗本の信望を集めていて、大炊介の上役である、高垣兵部少輔政利《たかがきひょうぶしょうゆうまさとし》などは熱烈な信奉者であった。

上役である高垣に断わりもなく外泊をした上に、支払いの催促に来た町人を手討ちにしようとした——などという事実が、この秋月栄三郎なる剣客を通じてもし知れたら、大変なことになるではないか。

大炊介のそんな想いを、栄三郎は知る由《よし》もないという様子で、畏まる仁助に問うた。

「いったいお前は、沖山様にどのような無礼を働いたのだ」

「はい、私は深川の料理茶屋〝きくすい〟の番頭で仁助と申します。無礼とは存じましたが、溜まっているお支払いを……」

「おっほんッ！」

大炊介が大きく咳《せき》払いをした。

「溜まっているお支払いだと？　それは幾《いく》らだ」

「八両二分で」

「ウォッほんッ！」

「馬鹿者！　沖山様は千二百石の御旗本じゃぞ。八両二分くらいのはした金を払えぬはずがなかろう。この騙《かた》り者めが」

「これに証文が……」

「滞《とどこお》っているのは何かの手違いじゃ……」

堪《たま》らず大炊介が口を挟んだ。

「支払いを命じた家来が、何か思い違いを致したのであろう」

これに秋月栄三郎は神妙に頷《うなず》いた。

「定めて、そのようなことでございましょう。これ仁助とやら、支払いの催促は、おぬしの仕事ではあろうが、これではまるで、沖山大炊介様ほどの御方が、茶屋の僅《わず》かな支払いを踏み倒しているかの如《ごと》く映《うつ》るであろうが」

「はい……」

事実、そうなのだと言う声が、仁助の返事にこもっていた。

「それはな、戸賀崎先生の名を汚すことにもなり、そうなると、その門人が黙っておらぬぞ」

栄三郎の言葉の一つ一つが、大炊介の酒が抜けきらぬ頭の内を、さらにずきずきとさせた。

「番頭、今日のところは帰るがよい」

「いえ、私も子供の遣いではございませぬ。手ぶらで帰っては主《あるじ》に面目が立ちませぬ」

諭《さと》すような栄三郎の言葉に、仁助はそれでも食い下がった。

栄三郎の目が吊《つ》り上がった。

「強情な奴《やつ》めが……。沖山様、かくなる上は、払っておやりなされませ」

「え……？」

「今すぐに叩きつけておやりなされませ」

「うむ……」

「このような男は、外でどのような噂《うわさ》を流すやもしれませぬぞ」

「左様じゃのう……」

「たかだか八両二分でござりましょう。某、近々、岡田先生の道場へ……」

「仁助、証文を寄こせ、払ってやろう」

「真《まこと》にござりまするか」

仁助の目がぱっと輝いた。

「馬鹿者！　沖山様が嘘《うそ》、偽りを申すか」

栄三郎が一喝した。

――ほんに迷惑な奴じゃ。

だが、秋月栄三郎という男――沖山大炊介の人品を信じて疑いのない様子だ。

深川〝きくすい〟のことは、この場限りで収まりそうだ。

大炊介は供侍から紙入れを受け取ると、九両を渡して、仁助が差し出す証文を引き裂いた。

「釣りはいらぬ。おぬしの駄賃《だちん》じゃ」

「これは、ありがとうございます……」

仁助は頭を地面にこすりつけた。

栄三郎はいかにも感じいった態《てい》で頭を下げた。

「さすがは沖山様、感服致しました。このような時分からの御出仕、真に御苦労なことにござりまする」

「秋月栄三郎殿、おぬしも励《はげ》まれよ……」

大炊介は、悠然と振る舞いつつ、逃げるようにその場を立ち去っていった。

栄三郎と仁助は、暫《しば》し石の如く固まり、大炊介を見送っていたが、やがて互いにニヤリと笑った。

「どうでえ番頭さんよ。うまくいっただろう」

「さすがは栄三《えいざ》さん、大《てえ》したもんだなあ」

突然、伝法な口調に変わった栄三郎に、仁助は九枚の小判を見せて拝んだ。

「へ、へ、威を嵩《かさ》にかかる奴ほど、上の者に弱えもんだ。まあ、そこをくすぐるのが取次屋の腕の見せ所ってものさ」

この、秋月栄三郎という男――気楽流の剣客・岸裏伝兵衛の門人であることに違いないが、今は師と離れ〝取次屋〟稼業を生業《なりわい》とする。〝取次屋〟とは、生活、風習、文化、思想、格式……、あらゆる点で隔《へだ》たりがある、武家と町人の間に立って、様々な折衝を請け負う仕事である。

師の伝兵衛が、方々の大名屋敷、旗本屋敷、道場に出稽古に行くのに供をした栄三郎は、幕臣、諸藩の士、剣客に顔が広い。

その上に、栄三郎自身は、大坂住吉《すみよし》大社鳥居前の野鍛冶《のかじ》の倅《せがれ》で、商人、職人、百姓の事情を知っていたから、

〝まさに、うってつけ〟

というわけだ。

それで今日は、茶屋の払いを踏み倒そうとする旗本相手に一芝居打ったわけだが、仁助と口裏を合わせ、通りすがりを装ったものの喋《しやべ》ったことに嘘偽りはない。

それがこの稼業を続ける極意らしい。

「よし、それじゃあ番頭さん、約束の一両を頂こうか」

栄三郎は、にこやかに右手を差し出した。

「え……？　一両ならとっくに渡しておりますが……」

「何だと……。まさか……」

「へい、染次姐《そめじねえ》さんに」

「そいつはいけねえよう……」

栄三郎はしかめっ面で天を仰いだ。

その表情、太い声には、えも言えぬ愛嬌《あいきょう》があった。

薄靄はすでにとけ、浅草田圃《たんぼ》の向こうに千鳥が群れをなして飛ぶのが見えた。

二

松の内はとうに過ぎたというのに、日本橋界隈《にほんばしかいわい》は様々な買い物客でごった返していた。

先年より進められていた、幕府による厳しい倹約令も、老中・松平定信《まつだいらさだのぶ》の失脚によって不調に終わり、文化《ぶんか》二年（一八〇五）を迎えた江戸は爛熟《らんじゅく》の期に向かいつつあった。

浅草御門を抜け、馬喰《ばくろ》町から十軒店《じっけんだな》へ出た栄三郎は、日本橋への通りを南に歩いた。

「江戸の賑《にぎ》わいは大したものじゃ」

駿河町《するがちょう》へさしかかると、呉服を求めて練り歩く、どこぞの大名家の御殿女中の一行が、栄三郎の目にとびこんできた。

そのきらびやかな様子を、通りのはるか西の向こうに聳《そび》える、霊峰富士山が、真白き頂を輝かせながら悠然と見守っている。

まさしく絵のような眺めである。

この辺からは、どこにいても、富士山と、徳川将軍家が暮らす、壮麗なる江戸城が見えるように、町作りが成されているらしい。

初めて江戸に来て、そのことを知った時は、随分と感心した栄三郎であった。

「この景色を見たら、さぞ、蓑《みの》さんも驚くに違いない……」

栄三郎は、そう独《ひと》り言《ご》ちて日本橋を渡ると、さらに京橋《きょうばし》を目指して南へ歩いた。

橋の東詰に、〝染次〟の家がある。

染次は、元は深川の売れっ子芸者であったが、今では〝お染《そめ》〟という名に戻り、ここで〝そめじ〟という居酒屋をしている。

それでも未《いま》だに、辰巳芸者達からは〝染次姐さん〟と慕《した》われていて、今度の〝きくすい〟の仕事も、お染の口利きであったのだ。

栄三郎の横を、竹細工を載せた大八車が通り過ぎた。

京橋の下を流れる川の北側は〝竹河岸《たけがし》〟と呼ばれ、河岸に沿って細長く竹問屋が並んでいる。ここまで来れば〝そめじ〟はもう目と鼻の先だ。

河岸の隅に、〝そめじ〟と、白で染め抜いた紺暖簾《こんのれん》が見えた。

煮物に、炙《あぶ》った干物、豆腐など、とりたてて気取った料理を出すわけでもない、極めて庶民的な居酒屋であるが、そこは元売れっ子辰巳芸者の店である。どことなく風情《ふぜい》が漂っている。

「おう、朝から店開きとは精が出るな」

栄三郎が暖簾を潜《くぐ》ると、小体《こてい》な店の奥でにんまりと笑う、お染の姿があった。

利巧そうなはっきりとした眼鼻だちは、気風《きっぷ》を売る辰巳芸者の名残《なごり》をとどめ、柳腰に縞柄《しまがら》の着物がよく映える。

「栄三さんに、せめて朝御飯くらい食べてもらおうと思ってね」

お染の手には小判が一枚握られている。

「おい、お染、十ほども歳《とし》が上の男を、そんな風にいたぶるんじゃねえや」

栄三郎は、片手で拝んだ。

「その一両、こっちへ寄こしてくれ……」

「取次の方は、首尾よくいったんだろう」

「それは見事に取り立ててやった」

「それじゃあ、今度はわっちが取り立てる番さ。今日こそうちの附《つ》けを払ってもらいますからね」

「頼む、附けはすぐに払うから、今日のところはその一両、こっちに戻してくれ」

「すぐというのは、いつのことだい」

「すぐにと言ったら、必ず払うということだ。なあ、今日あたり、大事な客が来るんだよ」

「大事な客……。女だったら、お断わりだね」

お染はいたずらに笑って見せた。

「そんなんじゃねえよ。大坂から蓑助《みのすけ》という幼馴染《おさななじみ》が来るんだ」

「大坂から……？」

お染は奥の板場から出て、小上がりの上がり框《かまち》に腰を下ろして、表の空を見上げた。

「幼馴染か……。いいもんだねえ」

普段は男勝りで、何でもずけずけと遠慮なく物を言うお染であるが、故郷の話になると、女らしい嫋《たお》やかな表情となる。

独り身の栄三郎にとって、安い払いで酒と飯にありつける〝そめじ〟はありがたい店で、ここ一年はすっかりと常連になっていたが、お染の身の上話は一度も聞いたことがない。

芸者であった女の昔を問うのも野暮《やぼ》であるが、きっとお染にも思い出深い故郷があるのだろう。

「その、蓑助さんには昔、世話になったのかい」

お染の話す声もしっとりとしてきた。

「ああ、子供の頃は蓑ちゃん、蓑ちゃんと慕《した》ったものだ」

蓑助は栄三郎と同じ町内に住んでいたことがあり、二歳年下の栄三郎を随分と可愛《かわい》がってくれた。今は大坂道修町《どしょうまち》の薬種問屋〝太田屋《おおたや》〟の手代を務めていて、この度《たび》、主人の命を受けて初めて江戸へ来るという文《ふみ》が栄三郎に届いていたのだ。

「商用で江戸へ来るなんて大《てえ》したものだねえ。それで、栄三さんは今どうしているると伝えてあるんだい」

「それは……。小さな道場を構え、そこで町の子供達に読み書きも教えていると」

「取次屋のことは黙っておくのかい」

「わざわざ言うことでもねえよ」

「恥じることでもないさ。栄三さんのしていることは人助けなんだから……」

「人助けか……」

「まあ、せいぜい蓑助さんに、恩返しをするんだね」

お染はそう言うと、立ち上がって、栄三郎の前にある飯台にピシャリと一両を置いた。

「朝は、豆腐の味噌《みそ》汁と大根の漬物でいいね」

「お染、恩に着るぜ」

栄三郎は小判を頭の上に押し戴《いただ》いた。

「附けはすぐに払ってもらうからね！　まったく、わっちも取次屋を雇いたいよ……」

板場からお染の憎まれ口が、香ばしい味噌汁の匂いと共に栄三郎に届いた。

栄三郎は、京橋水谷《みずたに》町にある小さな町道場で暮らしている。ここは、かつて宮《みや》川九郎兵衛《がわくろべえ》という老武士が開いていた手習い所で、〝そめじ〟からは京橋を渡って左へ少し歩いた所に位置する。

町中で俄《にわか》の差し込みに苦しむ九郎兵衛を助けたのが縁で、九郎兵衛からこの手習い所を受け継いだ栄三郎は、近隣の子供達に、読み書き、算盤《そろばん》を教え、さらにその親達に剣術を教え、手習い所を道場の体《てい》にした。

町人から剣客の道を歩んだ栄三郎は、町の者達が気軽に剣術を学べる場をかねがね作りたいと思っていたのだ。

〝取次屋〟などしてはいるが、

「小さな道場を構え、そこで町の子供達に読み書きも教えている……」

と言ったのは嘘ではない。

ただ、貧乏人の親子を相手に暮らす栄三郎は、手習い師匠と剣術指南だけでは方便《たつき》が立たないのである。

〝手習い道場〟と名付けられた十五坪足らずの板間は、出入口を入った所から奥へ続く、細長い土間の左手にあり、右手には六畳と三畳の間、台所とそこに新たに汗を流すためしつらえた、形ばかりの風呂場がある。

お染の店で朝餉《あさげ》を済ませた栄三郎が戻ると、見たことのない剣術の稽古着姿の又平《またへい》が出迎え畏まった。

「お帰りなさいまし。首尾はいかがで……」

「この通りさ」

栄三郎は小判を懐から出して掲げた。

「そいつは何よりで」

「それより何でえ、その恰好《かっこう》は」

「今日は、幼馴染の蓑助さんという御方が訪ねてきなさるんでしょう。道場に門弟の一人くれえいねえと恰好がつきませんや」

「なるほど。お前、気をつかってくれたのかい」

栄三郎はにこりと頬笑《ほほえ》んだ。

「これでも長え間、渡り中間《ちゆうげん》をしておりやしたからねえ。武家の作法くれえは心得ておりやすよ」

又平は照れて笑った。笑顔の中で、少し尻下がりの目が糸のようになった。

栄三郎が又平と知り合ったのは、一昨年《おととし》の暮れである。

盛り場で、処《ところ》の若い衆と、博奕《ばくち》のいざこざでもめているところを、栄三郎が間に入ってやったのがきっかけであった。

それ以来、栄三郎の飾らぬ人柄が気に入ったのか、

「旦那、旦那……」

と、ついて回るようになり、ついにはこの〝手習い道場〟に住みついてしまった。

しかし、一緒に暮らしてみると、三十になるやならずのこの男――なかなか役に立った。

渡り中間をしていただけあって、万事〝家〟のことはそつなくこなすし、天涯孤独故《ゆえ》か、人懐《なつ》っこく、どこか憎めないところが、手習いに来る子供の親達や近所の者達から親しまれた。

そのうちに、方々から小回りの用を頼まれるようになり、それが栄三郎を巻き込み、取次屋なる稼業に発展したのである。

今日、又平は、栄三郎の門人を気取るようだ。

「それじゃあ、お前に何か苗字《みょうじ》をつけねえといけねえなあ」

「苗字、そいつは結構なことで、何か良いのをみつくろって頂きやしょうか」

「酒の肴《さかな》みてえに言うな。そうさなあ、おれは野鍛冶の倅でも、その昔、御先祖様は武家で秋月と言ったそうだから、苗字はすぐに付いたが、お前は親の名も知れねえっていうから……。おおそうだ、雨の森で、雨森《あまもり》ってのはどうだ」

「雨森……。色っぽくていいや。何か謂《いわ》れでもごぜえやすか」

「謂れは、昨日お前が、屋根に上って、雨漏りを直していたからさ」

「なるほど、こいつはますますいいや……」

　又平の目が、再び〝糸〟になった――。

「それにしても……。旦那は、蓑助さんのことが本当に好きなんですねえ」

「そう思うかい」

「そりゃあ、もう……。蓑助さんからの文が届いてよりこの方、旦那は何やら落ち着かねえ様子でございましたよ」

「ずっと、言い忘れていた礼の言葉があるんだよ」

「そうですかい。だから、あのお染が持ってきた、面倒な取次を引き受けたんですねえ」

　お染という言葉の響きが、いささか憎々《にくにく》し気に聞こえる。又平は、栄三郎に遠慮のない口を利くお染を快《こころよ》く思っていないようだ。

「まあ、丁重にもてなしを、な」

栄三郎は又平に一両を渡すと、風呂場でさっと湯を浴び、一寝入りした。突然の蓑助の来訪にも応えられるよう、今日は手習いを休みにしている。

石町《こくちょう》の鐘が八ツ（午後二時頃）を打って間もなく、噂の蓑助が〝手習い道場〟を訪れた。

「蓑さん……」

旅姿の蓑助は、少しはにかんで栄三郎に頭を下げた。額《ひたい》と顎《あご》が張った四角い顔に、小さな眼が優し気な光を放っている。

「蓑さん、遊んでもらったあの頃と、少しも変わっておりませぬな」

「いや、もう今年で三十七にもなります」

「私とて三十五になりますよ。よくぞお訪ね下さりましたなあ」

町場の伝法な言葉は使わず、穏やかな侍口調で、栄三郎は六畳の間に蓑助を迎えた。

門人、雨森又平が恭《うやうや》しく茶菓子を部屋に運んだ。時折、栄三郎から剣術の手ほどきを受ける又平は、この場ではすっかりと弟子になりきっている。それが功

を奏したか、

「栄三郎様も、すっかりと御立派になられました……」

　蓑助はしみじみと言った。

「栄三と呼んで下され。これよりは互いに遠慮のう話そうではないか」

　栄三郎のその言葉に、蓑助はほっとしたように頷いた。

「蓑さんから文を貰《もら》った時は嬉しかったよ。今や大店《おおだな》の手代を務めていると聞いて涙が出た……」

「まだほんの使いっ走りやがな。二月《ふたつき》前、住吉さん（住吉大社）に用があって出かけた帰りに、久しぶりに正兵衛《しょうべえ》さんを訪ねましたのや……」

　正兵衛とは、大坂住吉大社鳥居前で野鍛冶を営む、栄三郎の父親のことである。

　野鍛冶は主に、鍬《くわ》、鋤《すき》、鎌などの農具を作る――。子供の頃から家業に見向きもせず、ついには江戸へ剣術修行に出てしまった栄三郎のことを正兵衛は嘆《なげ》いていた。

　しかし日本橋近くに道場を構えたという息子の便りに、この頃では会う人ごとに息子自慢をしているらしい。

蓑助は正兵衛からそれを聞いて、初めての江戸行きに際し、栄三郎に文を送ったのだと言う。

「はッ、はッ、下らぬ息子自慢を聞かされたか、それは済まなんだな……」

笑って見せたが、父・正兵衛の自分への想いがひしひしと伝わってきて、栄三郎が、ほぼ二十年振りに再会した幼馴染と分かち合う〝郷愁《きょうしゅう》〟をさらに感慨深いものにした。

「このような小さな道場で驚いたであろうな。さあ、今日はゆっくりと昔話に華を咲かせ、一杯やろう」

「いや、そうしたいのやが……」

「何か用でも？」

「用があるわけでもないのやが、のんびりともしておられぬ心地でなあ」

再会を懐かしむ、蓑助のほのぼのとした表情が一転して陰《かげ》った。それは、栄三郎が初めて見る蓑助の屈託《くったく》であった。

「何か良からぬことがあったのでは」

「ああ、いや、これは下らぬことを口にしてしもた。こうして会うて話ができただけでもありがたい、今日はこれで去《い》なせてもらいます」

頭を下げる蓑助を栄三郎は両手で制して、

「まあ、待ちなされ。蓑さんの心配事は、この栄三にとっても頭痛《あたまいた》の種となる。これでも、近頃はあれこれ、町の人の相談にも乗る身となった。こんなおれでも、話せば少しは気も晴れようものじゃ」

と、押し止《とど》めた。

「久し振りに会うたというのに、あんまり不景気な話をするのも気が引けるがな」

「良い話も、悪い話も、何年か振りに会うたとてできるのが幼馴染ではないか」

栄三郎の言葉には実《じつ》があった。

蓑助は神妙に頷いて、その場に座り直した。

新しい茶を淹《い》れに一間へやって来た又平も、感じ入って心の内で叫んだ。

――呑《の》み屋の附けは溜めるが、不義理は溜めねえ。うちの旦那はいいお人だなあ。

それから蓑助は、己《おの》が屈託の理由を、とつとつと話した。

蓑助がこの度江戸へ来たのは、奉公先の薬種問屋太田屋の主・久左衛門《きゅうざえもん》から、二年前に暖簾分けを許されて、大伝馬町《おおでんま》に出店した〝瀬川屋《せがわや》〟の様子を見てくるようにと言付かったからである。

久左衛門と瀬川屋の主・徳兵衛《とくべえ》は縁続きで、久左衛門は徳兵衛を我が子同然に可愛がってきた。

「聞くところによると、徳兵衛は調子良う、商《あきない》の幅を広げているようじゃが、商というものはどこに落とし穴が潜んでいるか知れたことやない……。わかるな」

久左衛門は、戒《いまし》めの言葉を伝えるように、蓑助に申し付け、何か悩み事があるようなら、それを聞いて、相談にのってやるようにと送り出した。

蓑助は、自分が主から目をかけられていることを知り、同じ太田屋で奉公をしている頃は、その人柄を慕っていた徳兵衛に会いに、江戸へ行かせてもらえることに心を躍らせた。

そして、新年も早々に大坂を発《た》ち、半月足らずで東海道を下り、品川《しながわ》に着いたのが昨日。今日は、まだ夜も明けきらぬうちから宿を出て、朝一番に大伝馬町にある瀬川屋を訪ねた。朝一番に訪ねてみれば、店の様子はすぐにわかると、かねがね久左衛門に教えられていたからである。

訪ねてみると、奉公人達は店の表を清め、忙しそうに立ち働いていたが、しかし、一様にその表情が暗い——。

突然の蓑助の来訪を喜んだ徳兵衛は、蓑助を歓待したが、蓑助は徳兵衛のあまりの窶《やつ》れように目を疑った。

ふくよかだった頰はこけ、すっかりと生色を失っている。

それでも、

「随分と達者にしていますよ……」

と、笑顔を絶やさない徳兵衛であったが、目にできた大きな隈《くま》は、それが蓑助に心配をかけまいとする取り繕《つくろ》いであることを、はっきりと物語っていた。

「いったい何があったのだ……」

栄三郎は、思わず身を乗り出した。

「それが、いくら聞いても喋ってはくれぬでな。その場は一旦店を出て、そうっと店の者を捉《とら》えて聞き出したところが、えらいことや……」

先日、徳兵衛は、雲州《うんしゆう》松江《まつえ》十八万六千石、松平家より、茶会の引出物として香の注文を受けた。太田屋譲りの〝桜花香《おうかこう》〟は、店を開いて以来評判が良く、それが耳に届いたのであろう。香を入れる香合と共に、二百個を納めるようにとのことであった。

納期は十日後――。

香合は、他所《よそ》で誂《あつら》えないといけない。

まだ、店の構えも大きくない瀬川屋には、大変な取引であった。それでも、

「雲州様は当代きっての茶人であられる。御注文を賜《たまわ》るのは身の誉《ほまれ》ではないか……」

徳兵衛は大喜びでこの仕事を受け、何とか納期までに品物を納めた。

ところが、期限を過ぎても、松平家からの支払いがなされない。

催促をしても、茶会が日延べになって、国表からの送金が遅れているとか、あれこれ理由をつけて、藩の留守居役・板倉大膳《いたくらだいぜん》は支払う気配がないというのだ。

香合は別誂えであったし、徳兵衛はこの取引に際して、多額の借金までしているようだ。

「どうやら、そのことで金策に走り回って、疲れ切っているらしいわ」

蓑助は溜息をついた。

「どこにでも、払いを溜める奴はいるものだなあ」

栄三郎は相槌《あいづち》を打った。

「商というものは、どこに落とし穴が潜んでいるか知れたことやない……。うちの旦《だん》さんは、さすがによう物事を見てはるわ。まあ、雲州様ほどの御方が、代金

を踏み倒すこともないとは思うけども、奉公人の知らんところで、あれこれ大変なことが起きているのやないのか。それが気にかかってなあ」

「と言うて、喋ってくれぬものを、どうすることもできぬではないか」

とにかく、早飛脚で、このことを久左衛門に報《しら》せて、その指示を待てばよいのだと、栄三郎は蓑助を慰《なぐさ》めた。

「御大名を相手のことじゃ。今は様子を見るしかない……」

蓑助は力なく頷いた。

「栄三さんの言う通りや。そやけど、旦那様は、このおれを見込んで、何かあったら相談に乗ってやってくれと言わはった。早飛脚を送るのは良いが、大坂からの返事に早うても半月はかかる。その間に、徳兵衛さんの身に何か起こったら、面目が立たんがな」

「徳兵衛さんに、何かが起こる……。その留守居役と裏でつながっている者がいるとか？」

「瀬川屋を潰《つぶ》しにかかろうとしている奴がいて、何か企《たくら》んでいるのやないか……。そない思われて仕方がないのや。と言うて、この江戸でそれを調べる術《すべ》もなし……。栄三さん、申し訳ない。せっかくこうして会えたと言うのに、長々と下らぬ話をしてしもた。久し振りに一杯やりたいが、やはり今日は、これで去なせてもらいます」

栄三郎は、もうそれ以上、蓑助を引き止められなかった。

ずっと言い忘れていた礼の言葉も呑みこんだまま、栄三郎はその日、待ち焦《こ》がれていた幼馴染の蓑助と別れた。

しばらくは馬喰町の旅籠《はたご》〝いしい〟に逗留《とうりゅう》していると言い残して、蓑助は道場から立ち去った。

所在なく、道場の板間に出て、栄三郎は木太刀を振った。がらんとした空気がいっそう寒々しく思われて、何やら栄三郎の胸を締めつけるのであった。

三

素焼の火鉢の上で、小振りの土鍋が温かな湯気をたてていた。

「せっかくでやしたが、まあ旦那、食べておくんなせえやし」

又平が、鮟鱇《あんこう》の切り身を鍋に放り込んだ。

蓑助のためにと、又平が魚河岸にひとッ走りして仕入れてきたものである。

割り醤油《じょうゆ》を少し薄味に仕立てた鮟鱇鍋は、栄三郎の大好物であったが、蓑助が出て行ってから、何やら物思いにふける栄三郎は、それを味わう様子でもなく、鉄の銚子で燗《かん》をつけた酒を小振りの茶碗《ちゃわん》で、ちびりちびりとやっている。

「旦那……」

道場の門人から一変して、男伊達《だて》の乾分《こぶん》のような物腰となった又平は、栄三郎の茶碗に、熱いのを注《つ》ぎ足しながら、

「まさか、瀬川屋の掛けを、取り立ててやろう、なんてことを考えているわけじゃあ……」

と、探るような目を向けた。

途端、茶碗を持つ栄三郎の手が止まった。

「やっぱりそうだ……。旦那、そいつは酔狂が過ぎますぜ。雲州様と言やあ、将軍様と縁の深え大大名。その辺の破落戸《ならずもの》の旗本なんざとはわけが違いますぜ」

渡り中間をしていただけに、又平は大名については情報通だ。

確かに雲州松平家は、徳川家康の次男にして、豊臣秀吉の養子となり、それが故に将軍職を継ぐことができなかったという、結城秀康《ゆうきひでやす》を祖とする名家の系統で、当主・治郷《はるさと》は、従四位下左近衛権少将《さこんえのごんのしょうしょう》の官位を与えられているほどの大名

である。下手なことをすれば、間違いなく首がとぶであろう。

「いくらおれが極楽蜻蛉《とんぼ》といったって、それくれえのことはわかっているさ。だがなあ、蓑さんって人は、このまま黙って見ているような薄情者じゃあねえ。何か手伝ってやれねえものかと……」

「旦那の気持ちはわかりやすが、蓑助さんに直《じか》に降りかかっている火の粉《こ》でもありやせん。それに、あっしは、旦那の身が大事でやすからね」

又平の言葉に栄三郎は黙りこくった。

——せっかくの鮟鱇だというのに。

好物を一食分、損をしたようだと栄三郎は思った。

その夜、三合ばかり酒を飲んだが、栄三郎はなかなか寝つけなかった。

確かに雲州侯ははるかに手の届かない貴人ではあるが、香の代金を踏み倒しにかかっているのは、留守居役の板倉大膳という男ではないのか。

蓑助が言っていた、瀬川屋を潰しにかかろうと企む者と大膳がつながっているのやもしれぬ。

だとすると、雲州侯はむしろ、家来に欺《あざむ》かれていることになるのではないか。

主の威光を笠《かさ》に着て町の者を苛《いじ》める奴は、何としてでも、その鼻をあかしてやりたくなる栄三郎であった。

眠れないまま朝が来た。

又平が道場に手習い用の長机を並べる音が聞こえてきた。

今日は子供達に読み書きを教えなければならない。そろそろ朝の五ツ（午前八時頃）になる時分だ。子供達がやって来る。

栄三郎は朝餉の茶粥《ちゃがゆ》をかきこむと、冷水で顔を叩き、気分を入れ直して手習い所に出た。

だが、やはり、蓑助が憂う瀬川屋の一件が、栄三郎の頭の中から離れなかった。

そして、子供達が家へ帰る、昼の八ツには、栄三郎にある決心と計略が固まっていた。

「又平、雨森又平はおるか！」

栄三郎のその言葉に、又平はすべてを察して、栄三郎の前に出て畏まってみせた。

「又平、御前《おまえ》に……」

「出かける故、供をせい」

「お出かけ先は馬喰町の旅籠〝いしい〟にござりますか」

栄三郎はニヤリと笑った。

「さすがは又平、話が早えや……」

「そうくると思いやしたよ。どうなっても知りやせんぜ……」

「心配するな。おれにも考えがある。ひょっとしていい仕事になるかもしれぬぞ」

「そんなら、蓑助さんに取次屋のことを」

「話した方が、蓑さんだって物事を頼みやすいだろう」

「まあ、いささか危ねえ仕事でも、手習いと、素人《しろうと》相手の剣術指南じゃあ食っていけませんからねえ」

やがて二人は、剣術の師と弟子の風体《ふうてい》となって道場を出ると、京橋を渡り、大伝馬町から馬喰町へ向かった。

途中、〝そめじ〟の前で、お染に見つかった。

「何だい。まるで剣術の先生とお弟子みたいじゃないか」

けらけらと笑うお染を、又平はぐっと睨《にら》みつけると、晴れ渡る空を見上げて、

「先生、お相手になられますな。あの女、この陽気に、頭が少々おめでたくなっ

ているようで……」

栄三郎を促《うなが》すと、さっさと通り抜けた。

「又公、覚えてやがれ……」

お染はぷいっと店の中へ消えた——。


栄三郎と又平が旅籠に蓑助を訪ねると、大坂から旅の供をして来たという若い下男が出て来て、蓑助は朝から慌《あわただ》しく出て行ったと告げた。やはり瀬川屋のことで動き出したのであろう。

二人は、蓑助が帰るのをここで待つことにした。

やがて、小半刻《こはんとき》（約三〇分）がたった頃、汗と埃《ほこり》にまみれた蓑助が、手拭いで顔と首筋を拭《ぬぐ》いながら戻ってきた。

「栄三さん……。心配して訪ねてくれたのか」

蓑助は声を詰まらせて、じっと栄三郎を見た。

「昨日は話しそびれたが、恥ずかしながらこの栄三、手習いの師匠と剣術指南ではたつきが立たず、取次屋なるものをやっていてな」

「取次屋……」

「ああ、侍と町の者の間をとりもつ、仲買人のようなものだ」

「なるほど。それなら互いに商売ずく。話が早いわ。ここに旦那様から、何かの折に役に立てろと預かった二十五両の金がある」

「二十五両……」

又平が、思わず前のめりになる。

「これで話に乗ってくれるか。栄三さんだけが頼りや」

「まず話を聞こう」

栄三郎はにこやかに頷いた。

「何ぞ新しい瀬川屋の事情を仕入れてきたのだろう」

「ああ、やっぱり早飛脚の返事を待つ間はないわ。何とかせんと……」

それから三人は旅籠の一間で一刻ばかり、あれこれ相談した後、瀬川屋に徳兵衛を訪ねた。

徳兵衛は昨日より、さらに憔悴《しょうすい》していた。

剣客風の栄三郎と又平を連れて再び訪ねてきた蓑助に、一瞬戸惑《とまど》いを見せたが、万策が尽き、最早取り繕うことさえ虚《むな》しくなったか、三人を奥の一間に招《しょう》じ入れ、ありのままを話しますと頭《こうべ》を垂《た》れた。

蓑助は、松平家との取引について切り出し、さらに、今朝から太田屋と付き合いのある薬種問屋を訪ね回り、耳にした噂をぶつけた。

「この店は、近々〝三州屋《さんしゅうや》〟に買い取られてしまうとは本当のことにございますか」

徳兵衛は力なく頷いた。

「実は、この取引にあたって、三州屋さんから三百両をお借りしたのです」

「三百両……」

蓑助は商人らしく、落ち着いた口調で、

「それだけの金子《きんす》を借りるには、何ぞいきさつがあったはず。話してもらえませぬか……」

「いや、それを話せば、人の悪口となる……。私が金を借りたのは確かなこと、覚悟はできております……」

「それを話してもらえませぬと、この蓑助は旦那様に顔向けができませぬ。これにおいでは私の古くからの存じ寄りで、秋月栄三郎先生。剣術の御師匠様でござります。頼りになる御方です。いきさつに曲がったところがある時は、真《ま》っ直《す》ぐに正してもくれましょう……」

「徳兵衛殿、悪いようには致しませぬぞ。また、これによって蓑助殿にも、太田屋にも災《わざわ》いが及ぶものではござらぬ」

栄三郎が蓑助の後を受けて言った。

二人の言葉に心が和《なご》んだか、徳兵衛は小さく笑った。

「ははは……。ありのままを話すと言いながら、また、恰好をつけてしまいましたな……。実はその三百両を貸してやると言うて来たのは三州屋さんの方でした」

松平家江戸留守居役・板倉大膳が、茶会の香を注文してきた時、店の構えにそぐわぬ話と、徳兵衛は一旦断わったという。

しかし、その後、すぐに三州屋の主・七左衛門《しちざえもん》が徳兵衛を訪ねてきて、

「このような誉の高い御注文を断わるのは、あまりにもったいないことですぞ。仕入れの金が足りぬのなら、私が御用立て致しましょう。何、板倉様は万事物堅《ものがた》い御方です。支払いが遅れるようなことはまずありません」

何かの事情で多少遅れることがあるやもしれぬから、三州屋への返金は、松江藩からの支払い日の一月後と、とりあえず証文には書いておきましょうと、七左衛門は半《なか》ば強引に板倉大膳との取引を進めさせたという。

「それが間違いでした……」

徳兵衛は唇を噛《か》んだ。

板倉大膳は納品を急がせ、あれこれ香合に注文をつけたので仕込みの値は膨らみ、五百両の取引となった。徳兵衛が伺いを立てると、

「雲州松平家が催す茶会の引出物じゃぞ、金に糸目はつけぬ……」

大膳はその都度、そう言い放った。

結局、三州屋からは三百両を用立ててもらうことになったが、

「困った時はお互い様ですよ」

と、七左衛門はどこまでも、徳兵衛を後押ししたのだ。

ところが――。

大膳が香の代金を払わぬまま、一月がたとうとした時。

徳兵衛が、もう少し返金を待ってくれるよう、三州屋に七左衛門を訪ねると、それまでの態度と一変――。

「こちらにも、よんどころのない事情ができましてなあ。あの三百両、返してもらわねば、うちも店が成りたたないのですよ」

と、言い出したのだ。

「そんな……。話が違うではありませぬか」

徳兵衛は食い下がったが、

「話……。話とは、松平様からの支払い日だという先月の晦日《みそか》から一月後。つまりはこの月の晦《つごもり》に三百両を返して頂くということではなかったのですかな」

七左衛門は証文をかざして、つき放すように言った。

「雲州様との約定日を取り決めたのは、板倉様と徳兵衛さんだ。その尻をうちに持ってこられても困りますねえ」

「では、この晦に返金できませなんだら……」

「一両足りなくても、店をこっちに渡してもらいますよ」

その時の、氷のように冷たい七左衛門の言葉の一つ一つを思い出して、徳兵衛はきりきりと歯嚙みした。

話を聞く、栄三郎、又平の顔に怒気《どき》が浮かんだ。

「やはりそうか……。板倉大膳なる留守居役は、三州屋と結託して、商が上向いているこちらの店を潰そうとしたのじゃな」

栄三郎が言った。

「いや……、三州屋は店を潰そうとしているのではのうて、こちらの〝桜花香〟

が欲しいのでしょう」

　蓑助がそれに続けた。

「そういうことでしょうな……」

　徳兵衛が頷いた。

　瀬川屋は、太田屋の流れを汲《く》み、他の薬種問屋が砂糖を商の核にする中、京仕込の香を扱い、人気を博した。

　それを、三州屋は狙《ねら》っているのであろう。

　江戸に地盤がなく、簡単に三百両の金子を調達できない、瀬川屋の弱みを巧《たく》みについてきたのだ。

「徳兵衛さん、どうしてすぐにうちの旦那さまに早飛脚をたてなんだのです」

　蓑助は振り絞るように言った。

「早飛脚をたてるくらいなら、初めから江戸に出て来るなど、大それたことはせぬものと、大坂を出る時、心に誓いを立てましたのや」

　この先、三百両の借金はなかったことにするからと、言葉巧みに桜花香共々、店を乗っ取りにくるだろうが、すべてを失っても、桜花香は離さないつもりの徳兵衛であった。

――初めから江戸に出て来るなど、大それたことはせぬもの……。

栄三郎に、この言葉は身にしみた。

「まずは某にお任せ下され。必ずや、板倉大膳から金を取り立ててみせましょうほどに」

旅籠での打ち合わせ通り、ここで栄三郎は強く言い放った。

「この一件。雲州侯の与《あずか》り知らぬことに違いない。今はただ、黙って様子を見ていて下され」

ここに来て、徳兵衛には打つ手がない。

「委細《いさい》、お任せ申します」

徳兵衛は、栄三郎に深々と頭を下げ、

「蓑助さん、お前はんの心遣い、一生忘れまへん……」

と、上方訛《なまり》で心地よく涙するのであった。

四

「まったく、人の払いで遠慮もなく、毎晩毎晩来れるものだ……」

離れ座敷への廊下を歩きながら七左衛門は呟《つぶや》いた。

ここ数日、雲州松平家江戸留守居役・板倉大膳は、毎夜の如く、この料理茶屋で飲食をしているらしい。店は〝さわむら〟と言って、愛宕山《あたごやま》下の一隅の木立ちの中にある。

今は離れ座敷から咲き誇る梅の花が楽しめて、三州屋の主・七左衛門に連れられて以来、大膳はここがすっかりと気に入ったようだ。

「まあ、これくらいのことなら安いものだが……」

七左衛門は離れ座敷へ入って恭しく頭を下げた。

「これは板倉様、お楽しみ頂きまして、幸いでございます」

「おお、七左衛門、参ったか。そちもここへ来て一杯やるがよい」

「畏れ入りまする」

でっぷりと太った七左衛門と、細身で尖《とが》った顔付きの大膳――この二人が離れ座敷で杯《さかずき》のやり取りをしている姿は、何とも卑《いや》し気で、どう見ても、よからぬことを話しているとしか思えない。

栄三郎と蓑助が思った通り、七左衛門と大膳はつながっていた。

「いよいよ、瀬川屋の名物、桜花香が手に入るのう」

大膳は七左衛門に酒を注いでやりながら、ほくそ笑んだ。

「しかしあの徳兵衛は、思いの外、強情なところがあるようです。店はそのままにしておくから、桜花香を三州屋で扱わせろと言っても、それに従いますかどうか」

「物乞《ものご》いに落ちようとも、桜花香は誰にも渡さぬと……」

「あるいは……」

七左衛門は杯を干《ほ》した。

「身共《みども》に任せておけ」

「何か手立てが？」

「我が君におかれては、瀬川屋の桜花香をいたくお気に入られてな。上様にお勧めしてみようかと仰せられた」

「真にございますか」

「いずれお上から、徳兵衛に桜花香を将軍家に献上するようにとの達しが下されるように、手配しておる」

「と、言うことは、手前共が三百両の形《かた》に店を押さえたすぐ後に、お達しが下されたら……」

「これはお上からのお達しだ。献上を拒《こば》むことはできぬ。と申して、献上の儀は瀬川屋に下される故、徳兵衛はおぬしの力を借りねば、桜花香を将軍家に献上できぬことになろう」

「なるほど、徳兵衛は瀬川屋を潰すに潰せぬわけでござりますな」

「我が君は当代随一の茶人と評されておいでじゃ。その目利きとなれば、この後、桜花香は将軍家御用となるは必定《ひつじょう》。最早、徳兵衛の勝手は許されぬ」

「ははァーッ」

七左衛門は満面に笑みを湛《たた》えて平伏して見せた。

「この御礼は改めて……」

「楽しみにしていよう」

「ところで、瀬川屋への支払いの五百両は今……」

「身共の屋敷で眠っておるわ。ほんに迷惑なことじゃ」

どちらが迷惑かわからない――。

茶会はとっくに、品川大崎《おおさき》の下屋敷で行なわれており、件《くだん》の桜花香が入った香合は、引出物として配られ、客達の評判も上々で、それ故に藩主・治郷も気に入ったのである。

その支払いの金子五百両は大膳の下で止まっていた。

松平家の出金であることを示す封印が、二十五両の切り餅二十個になされてあり、これがもし露見すれば、かなり面倒なことになる。

それが迷惑と言うのだが、この役人は、既《すで》に幾通りもその時の言い訳を考えている。

「梅の花の咲くうちは、こちらでお気の疲れをお休め下さりませ」

七左衛門はそう言うと、座敷に芸者を呼び入れて、梅の花に囲まれたこの離れ屋は一層華やかなものとなった。

三味《しゃみ》の音色に浮かれて、大膳も、その供侍達もまるで気付かぬが、先ほどから庭の植込みの蔭《かげ》に潜んで、このやり取りに聞き耳をたてている黒い影があった。

紺木綿の腹掛に、股引《ももひき》、藍染《あいぞめ》の半纏《はんてん》。頭には紺色の手拭いを抹頭《まっとう》に被《かぶ》る〝紺ずくめ〟の職人風のその男は、又平である。

あれから、栄三郎の指図で、日本橋本町にある、三州屋を見張っていた又平は、店を出た七左衛門の後を尾《つ》けて、この店に忍んだのである。

植木屋のような態をしているのは、何かの折に怪しまれない用心である。夜陰に紛《まぎ》れるのは紺色で充分だ。

「ちぇッ。思った通り出来てやがった……」

それにしても何と狡賢《ずるがしこ》い奴らだと、又平は妙に感心しつつ、こうも簡単に悪事を覚《さと》られる詰めの甘さを同時に嘲笑《あざわら》った。

こうなったら、こんな所に長居は無用だ。

又平は、黒板塀に寄り添う、見事な枝ぶりの〝見越しの松〟を猿《ましら》の如く登ったかと思うと塀の上へ――。

――おっと危ねえ。

塀の下を〝二八そば〟が通り過ぎた。

「そばうーい……」

どこか哀《かな》し気な売り声が、夜鳴きそばと言わせるのであろう。

やがてその声も、夜の闇に吸い込まれると、又平は、ストンと地面に降り立った。

天涯孤独の又平は、物心ついた時には、軽業《かるわざ》芸人の一座で暮らしていた。

一座の親方が死んで後、渡り中間となって栄三郎と出会うことになるわけだが、子供の頃に覚えた技は、未《いま》だその身に染み込んでいる。

「さてと……。後ァ、旦那にお任せだ」

又平は、一仕事終えて満足そうに頰笑むと、小走りにその場を立ち去った。

翌日。

いつものように、道場で子供達に読み書きを教えた栄三郎は、この裏の長屋に住む、大工の留吉《とめきち》と左官の長次《ちょうじ》に剣術の稽古をつけてやり、自らの体の動きを確かめた。

留吉も長次も、竹刀を持つ手は突っ張り、腰は引け、剣術の体をなしていないが、楽しそうに掛け声を発しながら汗をかいている。

それでいいのだ。

町の者達は剣術を楽しめばいい。

厳しい稽古をつけたところで、彼らの本分である大工や左官の仕事に役立つわけでもない。

怪我《けが》でもすればかえって暮らしに障《さわ》るではないか。それでは剣術を学びたくとも先が続かない。

栄三郎はそう思っている。

昨夜、又平が七左衛門と大膳の企みを探り、その報せを届けたというのに、栄三郎が泰然自若《たいぜんじじやく》として、町の者相手に剣術の稽古をしているのは、これから会いに行く相手が、日が暮れてからでないと調子の出ない男であるからだ。

そして、この男をうまく乗せないと、五百両の取り立てはうまくいかぬであろう。

一昨日《おととい》の夜から、あれこれ考え抜いて思いついた栄三郎の秘策はそこにあった。

早々に剣術の稽古を切り上げると、風呂場で汗を流し、しっかりと水を飲んだ。そうしておくと酒に悪酔いをしない。

どちらかというと行き当たりばったりの栄三郎が、そうした準備を怠らないのも、これから会う相手が一筋縄ではいかぬことを表している。

そうするうちに陽《ひ》は陰り始め、栄三郎は、綿入れの長着の着流しに、大刀を落とし差しにした、くだけた姿で道場を出た。

目指すは、上野山下《うえのやました》の〝植《うえ》むら〟という料理屋――。ここに件《くだん》の男が待っている。既に又平を使いにやってあった。

鉄砲洲《てっぽうず》で船を仕立て、大川《おおかわ》を上り、浅草から徒歩で下谷《したや》を抜けた時には暮れ六ツ（午後六時頃）となっていた。

すっかり日も暮れてきた山下の通りに、〝植むら〟の掛行灯《かけあんどん》が、ぼうっと浮かんでいた。

店へ入ると、栄三郎は入れ込みの奥にある四畳半くらいの小座敷へ、店の女中に案内された。

「おう、久し振りだなあ、鍛治屋の先生よう」

先客は既にいい調子であった。

坊主頭にぎらぎらと殺気立った眼。眉も唇も厚く、まったく〝異相〟といえるこの男は、数寄屋《すきや》坊主の宗春《そうしゅん》と言う。

数寄屋坊主とは——江戸城に出仕する大名に茶を給したり、身の回りの世話をする。所謂《いわゆる》、茶坊主のことである。

三十俵二人扶持《ぶち》の軽輩ではあるが、立派な公儀直参で、この宗春はその辺のなよなよとした茶坊主とは訳が違う。

酒に博奕に喧嘩沙汰《けんかざた》……。

「宗春の行く所に嵐が起こる」

と、謳《うた》われる、下谷界隈に顔を利かす、お兄《あに》さまなのだ。

「相変わらず、小便くせえ道場で、お気楽にやっているようだが、まあ達者で何よりだぜ」

小さな座敷に、宗春の胴間声《どうま》が響き渡る。

「兄《あに》さんこそ、まだ生きていたとはおめでてえや」

栄三郎が挨拶《あいさつ》代わりに切り返した。

「はッ、はッ、こいつはひでえことを言いやがる。だが、この店に来りゃあ、あん時のことが昨日のように思い出されるが、あれから五年経《た》ったとはなあ……」

宗春は、初めて栄三郎と出会った時のことを思い出して、相好《そうごう》を崩《くず》した。

その時、栄三郎は上野山の桜を見た帰り、雨に祟《たた》られ、この店に駆け込んだところ、宗春が三人の侍相手に喧嘩を始めるのに出くわした。

天下の直参を気取り、御家人三人が、店で傍若無人《ぼうじゃくぶじん》に振る舞う姿に、宗春が、

「何が天下の直参だ。貧乏侍が偉そうにするんじゃあねえや！」

と、一喝したのである。

もともと栄三郎は、剣術好きが高じて剣客となり、武士の末席に連なるようになったが、権威と保身に振り回される武士の姿を目にして嫌気がさしていた。

茶坊主が、天下の直参三人相手に喧嘩を売る姿を〝痛快〟と見て、宗春に加勢した。

たちまち三人を叩き伏せた後、栄三郎と宗春は大いに意気投合し、その後は上野に初花が見られる頃に、毎年酒を酌《く》み交わす仲となったのである。

「まだ初花には間があるってえのに、どういう風の吹き回しだい」

宗春はちびちび飲むのが面倒になったか、チロリの酒を汁碗の蓋に注ぐと、ぐっと呷《あお》った。

「兄さんに儲《もう》け話を持って来たのさ」

「儲け話だと？　そういやあお前、近頃、取次屋とかいうけちな稼業に手を染めているとか聞いたが、しけた話ならお断わりだぜ」

「まあ、どんどんやってくれ……」

先ほど、小女に頼んでおいた〝けんちん汁〟が運ばれて来た。熱い汁に体が温まると、燗酒が心地よくまわってきた。

儲け話と聞いて、宗春の目に荒くれた光が宿ってきた。

「ここに二十五両ある……」

栄三郎は、蓑助から受け取った金を飯台の上に置いた。

「悪くはねえな」

山吹色に、宗春の顔が綻《ほころ》んだ。

「兄さんの取り分は二十両だ」

「栄三、それでいいのかい」

「兄さんが頼りの仕事でな」

「おれに何をさせようってんだ」

「雲州松江十八万六千石。松平権少将様の江戸留守居役を脅《おど》して、五百両の金を取り立てるのさ」

「何だと……」

栄三郎は、板倉大膳と三州屋七左衛門の悪巧みの一部始終を宗春に話した。

権威を笠に着る木っ端《こ ぱ》役人と、欲得のためなら手段も選ばない悪徳商人――幼馴染の蓑助の面目を保つためにも、この二人の鼻を明かしてやりたい。

そして、それができるのは、御数寄屋坊主の宗春しかいないと畳み掛けた。

「うーむ……」

黄八丈《きはちじょう》の広小袖に両の手を入れ、宗春はしばらく腕組みをして思い入れの後、栄三郎を睨みつけるように見て哄笑《こうしょう》した。

「こいつはおもしれえ！　近頃はとんとおもしれえことがなくて、もう、いらくらとしていたところだ。おう、栄三。二人してその愛宕下の〝さわむら〟へ乗り込んで、桜の花を待つ間、まず梅見と洒落込《しゃれこ》もうじゃねえか」

話は決まった――。

宗春は汁碗の蓋になみなみと酒を注ぐと、再び一気に飲み干した。

「さあ、栄三、お前もどんどんやりな」

「明日の仕事にこたえるぜ」

「べらぼうめ、金を目の前にして、じいっとしていられるかよ。栄三、今宵は景気付けだ。とことん行くぜ」

――やはりこの男と会うのは、初花の頃に一度きりでたくさんだ。

酒よりも人に〝悪酔い〟しそうだと、苦笑いを浮かべる栄三郎に、怒鳴るような宗春の声がとんできた。

「だがよう、栄三、この宗春を男と見込んでの儲け話。おれは嬉しいぜ。お前は馬鹿だ。筋金入りの大馬鹿だ。わァ、はッ、はッ、はッ……」

五

「七左衛門、喜べ。我が君におかれては、明日、上様に茶を点じられることになったぞ」

「左様にございますか」

「近く、瀬川屋へ、桜花香献上の沙汰が下るであろう」

「その日取りは……」

「案ずるな。この板倉大膳に万事任せておけばよい」

「嬉しゅうござります……」

七左衛門は、大膳の前に、何やら袱紗《ふくさ》包みを差し出した。

何気なくそれを懐《ふところ》にしまう大膳の手に、心地良いズシリとした重みが伝わった。

——五十両か。

浅ましくも、金嵩《かねがさ》を確かめて、大膳はニヤリと笑った。

ここは、料理茶屋〝さわむら〟の離れ座敷。

あれから、大膳の愛宕下通いは続いていた。

そして、相変わらず、松平家の封印に包まれた五百両の金子は、大膳の屋敷の中で眠ったままであった。

今日はまだ陽の高いうちから、このことを報せるために、大膳は店へ来て梅の花を愛《め》でていた。

接待に慣れると、人は贅沢《ぜいたく》を気にしなくなるものらしい。

「うまい鯛を食わせてくれると聞いて、楽しみにして参ったぞ」

などと、まったく面《つら》の皮が厚いものである。

梅の枝に止まった鶯《うぐいす》が、愛らしい声で鳴いた、その時であった。

店の女中がいかにも困ったという様子でやって来て、客のおとないを告げた。

「客？　お客人など、来ることにはなっていないが……」

七左衛門は女中に応対しつつ、大膳を見た。

大膳も一向に知らぬという様子で、

「訪ねて来たのは何奴じゃ」

と、怪訝《けげん》な表情を浮かべた。

悪事に手を染めていると、何か少しでも予定外のことが起こると不安になるのであろう。

「それが……。御数寄屋坊主の宗春だ、板倉大膳殿に御意を得たいと……」

女中が答えた。

「御数寄屋坊主……。どうしてここにいるのがわかった」

「さっぱりわかりません……」

「茶坊主に用はない。すぐに追い返せ！」

大膳が気色《けしき》ばんだのを見て、女中は慌てて廊下を引き返したが、目の前に男の厚い胸板が迫った。

宗春である。

今日は媚茶《こびちゃ》色の着物に、黒の紋付き羽織、白足袋《たび》。渋い出立ちで、その後ろに、袖無し羽織に袴穿《はかまば》き——武芸者然とした栄三郎を従えての登場であった。

「あ、あ……」

ずかずかと勝手にやって来た宗春に気圧《けお》され、声も出ない女中をやり過ごし、宗春は悠然と大膳に向き合った。

「これは板倉大膳殿か。まだ陽も高うござるに、結構なことにござりますのう」

座敷には既に酒が運ばれていた。

いきなり現れて、〝大膳殿〟と揶揄《やゆ》されたことに、隣室に控えていた供の侍が二人、血相を変えて廊下へ飛び出してきた。

「案内も請《こ》わず無礼であろう！」

「すぐに立ち去れい。おのれ、立ち去らぬにおいては……」

「立ち去らぬにおいては……」

宗春は、二人をにこやかに見て、

「どうなさるというのじゃな……」

野太い声で、挑発するように問うた。

引っ込みのつかぬ二人は、宗春へと寄って、

「こうしてくれよう」

一人が宗春の胸を突こうとした。

しかし、その腕は、宗春の後ろから進み出た、栄三郎の手によって、たちまち捻《ね》じ上げられ、ひょいと押されたはずみで一人はその場に尻もちをついた。

「むッ！」

それを見たもう一人が栄三郎に突進した。

栄三郎は慌てず、狭い廊下でさっと半身になったかと思うと、屈《かが》みざま、相手の足を払い、これも廊下に尻もちをつかせた。

栄三郎が修めた〝気楽流〟は、居合、鉄扇《てっせん》、棒、小太刀、捕手《とりて》、柔《やわら》……、あらゆる武術を稽古に取り入れていたから、大刀を預けた料理屋のうちでも、身を守る術には長《た》けている。

ましてや、このようなたかり侍に負けてはおられぬという想いが、体に力を漲《みなぎ》らせていた。

栄三郎は、怒ると腕が冴《さ》える——。

「ろ、狼藉者《ろうぜき》じゃ……」

突然のことに色を失う、大膳と七左衛門に、栄三郎は静かに言った。

「狼藉者とは心外な。某《それがし》は、この御両所の狼藉を防いだまで……」

宗春が羽織の紋を指した。

「そこ許《もと》らは、私のどこを突こうとされたのですかな」

一同は、あっと息を呑んだ。

黒い羽織に描かれているのは、〝徳川葵紋《あおいもん》〟である。

「この羽織は、昔、殿中にてお世話をさし上げました折、雲州様から礼じゃと、頂戴致しました物でござってな」

「我が君が……」

「部屋へ上がってもよろしゅうござりますかな」

「どうぞこれへ……」

大膳は慌てて、宗春と栄三郎を招じ入れた。

「板倉殿、一別以来でござったな」

「はい……。一別以来で……」

大膳は宗春と会ったことなどなかったが、主君・治郷について登城した折、茶坊主と顔を合わせたことは何度かある。

雲州松平家は、親藩でも家格が高く、当主が登城した折、その刀の預かり番をする家来は、玄関の内で主君を待つことができた。

大膳はかつて数度刀の番をしていたから、玄関の内より大名の案内をする茶坊主の中に宗春がいたかもしれなかった。

それ故、曖昧《あいまい》に同意をしたが、もちろんこれは宗春の〝はったり〟である。

茶坊主の顔など、どれも同じに見えるし、主君・治郷とて、坊主達へ下賜《かし》した時服が、どれに渡ったかなど覚えていまい。

宗春が今着ている羽織も、坊主仲間から借りてきたものである。

「この宗春は軽輩なれど、身は徳川将軍家直参。それ故、大膳殿、板倉殿とお呼び致しましたが、それがお気に障りましたかな」

「いえ、決してそのようなことは……。して、某に何の用がおありで、お訪ね下されましたのじゃ」

この上は、一刻も早くこの面倒な男に立ち去ってもらいたい。適当に金でも掴《つか》ませて、追い返そうと、大膳と七左衛門は互いに目で合図を交わした。

「さて、そのことでござりまする。これなるお人は、秋月栄三郎先生。剣術の御師匠なのだが、私とは香の仲間でしてな」

「はい、特に瀬川屋の桜花香が、二人共、大の贔屓《ひいき》でござってのう」

大膳と七左衛門は黙りこくった。

栄三郎は続けた。

「ところが先だって、主の徳兵衛殿に会うたところ、店が立ち行かなくなった故、桜花香もしばらく手に入らぬとのこと。聞けば、雲州様の茶会の引出物に桜花香を香合共々納めたが、その茶会が日延べとなり、国表からの送金が遅れ、仕入れの払いに借りた金が払えぬと……」

「だが、その茶会はとうに済み、桜花香は引出物として配られたと聞いております。おかしなこともあるものよと、板倉殿が日ごとこれに来られると聞き及び、お訊《たず》ねしようと、卒爾《そつじ》ながら、かく参った次第にて」

宗春は、ジロリと、大膳と七左衛門を代わる代わるに見た。

「左様でござったか……。いや、瀬川屋があの香を納めるに借金までしておったとは知りませなんだ。御用繁多《はんた》にて、つい払いそびれていたようじゃ。すぐに確かめて、瀬川屋には滞《とどこお》りなく支払うよう手配致しましょう」

大膳は言い逃れには長けている。咄嗟《とっさ》に手違いを強調したが、茶会が既に開かれた事実を数寄屋坊主に嗅《か》ぎつかれたことに、焦りの色を見せた。

七左衛門はそれを見てとり、宗春と栄三郎に愛想笑いを浮かべて、

「申し遅れました。私は薬種問屋三州屋の主で七左衛門と申します。板倉様は万事物堅い御方にござりますれば、御心配には及びませぬ。ささ、ここでお会いしましたのも何かの縁でございます。今宵は芸者衆を呼んで、賑《にぎ》やかに参りましょう」

調子良く、その場を盛り上げようとした。

「ああ、いや、それには及びませぬ。雲州様と申せば、当代随一の茶人であらせられる。その御名声に下らぬ噂が流れ、傷がつくのは忍ばれぬ故、申し上げたまで。では、瀬川屋への支払い、しかとお確かめのほどを」

宗春は穏やかに言った。

「心得た。すぐに支払いましょう」

大膳はほっとした表情で答えた。だが、この数寄屋坊主はこれで引き下がらな

かった。

「すぐにではわかりませぬ。いつお支払いになるおつもりかな」

宗春の声に凄《すご》みが加わった。

「いつと申されても、今はすぐにとしか……」

「明日、支払ってやって頂けませぬかな」

栄三郎が言った。

「明日……」

大膳は顔を歪《ゆが》めた。

「払えぬこともござらぬはずじゃ」

宗春は大膳を睨みつけた。流石《さすが》に大膳も色をなし、

「宗春殿、いくら徳川家直参と申して、雲州松平家の江戸留守居役である、この板倉大膳に指図をするとは、あまりに出過ぎた振舞でござろう」

「これは、出過ぎましたかな」

「何か言いがかりをつけに来たのならば、とんだ料簡《りようけん》違い。出直して参られい」

江戸留守居役の権威を見せつける大膳の横から、

「これは、ほんのお駕籠代に……」

七左衛門が一両包んで、そっと宗春の前に押しやった。

こちらはどこまでも、金で済ますつもりだ。

宗春は鼻で笑って一両を畳の上に滑らせた。

「こいつはそっちへお返し致しやしょう」

そして、その場で大胡坐《あぐら》――。

「偉そうな口を利くんじゃねえや！　この、強請《ゆすり》、たかりの業突張《ごうつくば》りめ。いいか、手前らの悪巧みは何もかもお見通しよ。そっちの恥となるからと、知らぬ顔を決めこんでやったものを、出直して来いたァおもしれえ。お前なんぞに頼まずとも、御城の内で雲州様に、面と向かってこの宗春が、五百両の催促をしてやらあ。そうすりゃあ三州屋、お前の首も、胴にはついちャァいねえよ」

大膳と七左衛門はこの脅しに、その場で固まった。

供侍は最後のあがき――腰の脇差に手をかけた。これに、栄三郎は片膝立ちに、小太刀の技を揮《ふる》う構え――。

宗春はさらに一喝して、

「馬鹿野郎！　妙な気を起こすんじゃねえや。この宗春に何かあれば、仲間の坊主共が黙っちゃいねえ。舌先三寸で、松江の御家に傷がつくぜ。ただし、明日、瀬川屋に五百の金が届いていりゃあ、今日のことはなかったことにしてやろう。さあ、払うのか払わねえのか、どっちでえ！」

鮮やかに啖呵《たんか》をきった。大膳の心が挫《くじ》けた。

「わ、わかった。明日、必ず届けさせよう」

「届けさせるだと。お前の都合で遅れた金だ。お前が頭を下げて渡しやがれ。さもなきゃあ、この宗春が……」

「わかった！　言う通りに致す故、この場のことはこの場限りで……」

大膳は泣きそうになっている。

「ああ、それならきれいさっぱり忘れよう。脛《すね》に傷を持つ身はお互い様だ。もう会うこともなかろうぜ」

庭の梅の木で、鶯が鳴いて飛び立った。

「梅に鶯か……。今度は坊主が帰る番だ」

宗春は威儀を正して、

「秋月殿、よろしゅうござりましたのう。これでまた、桜花香が楽しめますな」

栄三郎に頬笑みかけた。

「いや、某には何が何やら……」

栄三郎はとぼけて見せると、宗春を促して立ち上がった。

「ならば大膳殿、おおきにおやかましゅうございました」

宗春も満面の笑みを浮かべて立ち上がった。

外を吹き抜ける風に、梅の木の枝がたわんだ。この店の梅の花もそろそろ見納めであろう。

六

「こんなに溜めて、すまなかったな」

栄三郎は、小上がりで一服つけているお染の手に、小判を一枚握らせた。

まだ陽は高く、〝そめじ〟に客の姿はなかった。

お染は目を丸くして、煙管《キセル》の雁首《がんくび》を煙草盆の縁で打つと、渡された一両をまじまじと見た。

「こんなに早く払ってくれるとは思わなかったよ……」

「払いを溜めると、痛え目に遭うってことが身にしみたのさ」

「いい取次の仕事があったんだね」

「いい仕事とは言えねえがな」

蓑助から貰った二十五両の内、二十両は宗春へ、残った五両も又平に一両やって、あれこれ上野山下で宗春と飲んだ払いをさっ引くと、二両に充《み》たない。

だが、蓑助の面目を保ち、松江藩の江戸留守居役をやり込めたのだ。取次屋を始めてから、こんなに痛快なことはなかった。

「まあ、これでしばらく、京橋を大手を振って渡れるぜ」

栄三郎に自然と笑みが浮かんだ。

「何があったか知らないが、随分と楽しそうじゃないか」

「まあな」

栄三郎は懐から小さな紙の包を出して、

「それより、これを試してみなよ」

お染に渡した。

「何だい、これは……。お香じゃないか」

紙の包には〝桜花香〟と書かれてあった。

「お前も香でも炷《た》いて、少しはおしとやかになりな。何でもこいつは将軍様もお気に入りだそうだ」

「本当かい。怪しいもんだね」

そう言いながらも、お染は女らしく華やいだ表情となり、花鳥模様の小さな有《あり》田《た》焼に香をのせてくゆらせた。

「桜花香か……」

「おれには香など、どれも同じに思えるぜ」

「嗅《か》ぐんじゃなくて、〝聞く〟のさ」

「香を聞く……」

お染はうっとりと目を閉じた。

「ほら、はらはらと桜の花の散り行く様子が浮かんでくるよ……」

お染には確かに春の香りがした。

「ほら栄三さん、お前さんも目を閉じて……。何だい、馬鹿！」

お染が目を開けると、栄三郎の姿は消えていた。


その日、栄三郎は蓑助と二人で、日の暮れる前から、件《くだん》の六畳間で祝杯をあげることになっていた。蓑助は明日大坂へ戻るらしい。

又平は一両を懐に、今日は深川辺りに出かけていた。幼馴染が二人で、ゆったりと旧交を温めるのに邪魔になってもいけないという、又平らしい遠慮でもある。

火鉢に炭を足して、火をおこしていると、蓑助が訪ねてきた。

「栄三さん、今度のことは何と御礼を言うてええやら……」

蓑助は開口一番、深々と頭を下げた。

三州屋への返金の期限を前に、板倉大膳は手違いを詫《わ》び、五百両を瀬川屋へ持参した。

〝瀬川屋〟は、〝三州屋〟へ三百両の借金を返済し、すべて事なく済んだ上に、怪我の功名で、桜花香を将軍家へ献上することまでも決まったのだ。

「いや、あの坊主のお蔭ですよ……」

愛宕下の〝さわむら〟を出た時の、してやったりという宗春の顔が思い出された。

「俺ァ、この先、悪人共から金を巻き上げてやるのを生き甲斐《がい》にするぜ」

〝河内山《こうちやま》宗春〟が、江戸の町を暴れ回るのはまだこの先の話ではあるが――。この時見せた〝がき大将〟のような、無邪気な笑顔が、栄三郎の頭を離れない。

思い出す度、笑いがこみあげてくるのだ。

この一件には続きがある。

代金を払って事なきを得たと、やれやれの思いの板倉大膳であったが、うっかりと、瀬川屋から受け取った〝受取り証文〟を、そのまま勘定方に、帳簿と共に提出してしまったことで墓穴を掘った。

出金した金が支払いまでの間、長きに亘《わた》って、隠匿《いんとく》されていた節があると、吟味役が指摘したのである。

もとより、大膳の専横を苦々しく見ていた家中の重役もいて、ここから一気に今までの不正が詮議され、大膳はついに留守居役の職を解かれ、領国出雲にて減知謹慎の処分を受けることとなったのだ。

三州屋が、雲州松平家への出入りを差し止められたことは言うまでもない。

だが、それはすべて後の話――蓑助は抱きつかんばかりに栄三郎に、にじり寄った。

「瀬川屋の徳兵衛さんは、涙ながらに喜んで、とにかく栄三さんへ礼がしたいと……」

「礼なら蓑さんが貰っておけばよいさ。旦那さんから預かった二十五両のこともある」

「栄三さん……」

「そんなことより、今日は鮟鱇の食べ直しといこう……」

栄三郎は、素焼きの火鉢に小振りの土鍋をかけた。またしても、又平が鮟鱇を仕入れてきてくれたのだ。

「今日はうまい酒が飲めそうや……」

しみじみと蓑助が言った。

二杯、三杯と注ぎ合うと、すっかり幼馴染の二人に戻る。

「そやけど栄ちゃんは、すっかり言葉が改まったなあ」

「剣客を目指す者が、上方《かみがた》の言葉を使っていてはしまらぬからなあ。まず言葉から直したよ……」

「そらそうやな。一手御指南しとくなはれ……。それでは様にならんわなあ。ははは、大変やったやろなあ、ここまで来るのは」

「いや、剣客を目指して江戸へ来て、していることは取次屋だよ。蓑さんは偉いよ。大坂へ帰ったら番頭じゃのう」

「さあ、いつのことやら。いくら旦那様が物好きやと言うても、番頭はまだまだ先のことやな」

「そうかな」

「おれは商売が、うもうないよってになあ。今度のことかて、何でまたこの蓑助を江戸まで行かせたのか、さっぱりわからん」

「いや、おれにはわかるよ。旦那様が蓑さんを選んだ気持ちが……」

「どういうことや」

「蓑さんの優しさを買ったのさ」

栄三郎は、にこやかに蓑助を見つめると、ある夏の日の思い出を語り始めた。

栄三郎と蓑助の生家は隣同士であった。

大坂の住吉大社を少し北へ行くと万代池《まんだいいけ》という大きな池があり、その東畔に、野鍛冶を営む栄三郎の家と、提灯《ちょうちん》屋を営む蓑助の家があった。二人は共に次男坊で、家業の手伝いも少し大目に見られていたからか、よく気が合い遊んだ。

その頃は、夏になると近所の子供達が集まって、親達が買ってくれたおもちゃ花火で遊ぶのが何よりの楽しみであった。

それが、栄三郎が十歳の時、父・正兵衛は仕事場を住吉大社の鳥居前に移し、町内を離れた栄三郎は、蓑助達と遊ぶことがなくなった。

その寂しさが、栄三郎を近くにあった剣術道場に通わせることになるわけだが、新居に移り住んで初めての夏。新しい友達もなかなかできないでいた栄三郎は、退屈な日々を送っていた。

ある夜のこと――そんな栄三郎を、蓑助がおもちゃ花火を手に訪ねてきてくれた。

「栄ちゃん、花火をして遊ぼう……。そう言って、おれを見て笑った、あの夜の蓑さんの優しい顔は今も忘れぬ……」

栄三郎は茶碗の酒をぐっと飲み干して、しみじみと懐かしさをこめて蓑助に頬笑んだ。

「花火か……。そんなこともあったかいなあ」

「ああ、嬉しかった……」

あの夏の夜。二人だけで遊んだ、おもちゃ花火の美しい煌《きら》めきと、ほのかに漂う硝煙の香は、美しい思い出となって、ほのぼのと栄三郎の心の奥底で生き続けている。

「慣れぬ土地で、商《あきない》をして暮らす、瀬川屋の徳兵衛さんのことを、きっと蓑さんは、誰よりも温かい目で見るであろう……。太田屋の旦那はそう思うて、蓑さんに見てくるように申し付けられたのだろう」

「そうなのかなあ……。へへへ、何やしらん、照れくさいなあ」

「あの夏の夜。おれは蓑さんと別れる時、またすぐに会えるものだと思ったのか、はっきりと礼も言わずにいたような……。あれからすぐに、蓑さんは奉公に上がり、おれは剣術道場に通うようになって、滅多に顔を合わすこともなくなった。だがな、いつか言おうと思うていた」

栄三郎は姿勢を正して、言い忘れていた礼の言葉を伝えた。

「蓑さん、あの時は、おおきに、ありがとう」

久し振りに上方の言葉が口をついた。

「やめてえな。そんなことを言われたら、もっと照れるがな。あの時、花火を持って訪ねてよかった。あれがあったよってに、栄ちゃんは、ここまで親身になって助けてくれたのやなあ」

「いや、どんな時でも親身になれるのが、幼馴染というものだよ」

蓑助は大きく頷くと、弱くなった炭火を火箸でつまみながら、言葉を探した。

ぱちっと、火鉢からいくつかの火の粉が宙に舞った。

それは、あの夜の花火の如く、心地良い淡い煌めきを放ちながら、栄三郎の前に浮かんでは消えた。

第二話

現《うつつ》の夢

一

「お願い……。ここへはもう来ないで……」

明烏《あけがらす》の鳴く頃。

女は呟《つぶや》くように言うと、栄三郎の胸に顔を埋《うず》めた。

昨夜、雨戸を叩《たた》きつけんばかりに降り続いた雨は既に止《や》み、戸の隙間から淡い陽《ひ》の光が幾筋も差し込んでいる。

俄《にわか》に降り出した雨から逃れて入った妓楼《ぎろう》。

そして、出会った一人の女。

束《つか》の間、情を交わす客と遊女の間なれど、一夜を共にした今、このまま別れ難い想いが二人の胸の内で募《つの》っていた。

女の言葉が真意でないことはわかっている。

このまま馴染《なじ》まぬ方が、

「互いの身のため」

そう、言っているのだ。

栄三郎は女が愛《いと》しくなり、宿場《しゅくば》の女郎にしてはどこか品格が漂う、その瓜実顔《うりざね》をもう一度見ようと体を起こしたが——女の姿は消えていた。

——夢か。

栄三郎は目を覚ました。いつもの家の台所で、いつものように、又平が茶粥《ちゃがゆ》を炊《た》いているのが見える。

「いかぬ、いかぬ……」

栄三郎は、ほっと息をついて寝床を出た。

「このところ、夢に見ることもなくなったというのに……」

〝夢の女〟は、五年前、品川洲崎《すさき》の妓楼で一度きり遊んだ敵娼《あいかた》である。

その日、栄三郎は剣の師・岸裏伝兵衛を、品川まで見送っての帰りであった。

伝兵衛は、気楽流を大成させた、絹川久右衛門《きぬがわきゅうえもん》の高弟で、自らは本所番場町《ほんじょばんば》に道場を構えていたが、同門の俊英・飯塚徳三郎《いいづかとくさぶろう》が、先年武者修行に出て大いにその名声を轟《とどろ》かせたことに刺激を受け、突如として道場を畳んで武者修行に旅立ったのである。

供は連れず、内弟子であった栄三郎には、幾《いく》ばくかの金子《きんす》と一流の印可を与え、江戸を去った師の行動に栄三郎は戸惑った。

大坂の野鍛治の倅《せがれ》であった栄三郎の剣才と周囲を明るくする朗《ほが》らかな気性を気に入り、剣客《けんかく》として育ててくれた伝兵衛と別れ、これからどうして暮らしていけばよいのか……。

印可を受けた上は、道場を開くこともできよう。伝兵衛がつけてくれた道筋を辿《たど》り、一門の中でうまく立ち廻《まわ》り、剣客として生き、あわよくば仕官の道も叶《かな》うかもしれない。

だが、江戸へ出て十五年。伝兵衛についてそれなりに剣の修行に励《はげ》めたものの、憧れを抱いていた武士の世界は、権威と保身に振り回される、栄三郎が思い描いていた武士道とはほど遠いものであった。

――それよりも、町場にその身を置いて、市井《しせい》に生きる者達と暮らしてみたい。

品川に伝兵衛を見送った後、栄三郎の心は揺れていた。

一緒に見送った門人達と酒を酌み交わし、さらに一人で盛り場を徘徊《はいかい》しているうちに、俄に降り出した雨に追い立てられるように入った一軒の妓楼。

その店の名は忘れてしまったが、敵娼は、〝おはつ〟と言う女であった。

なだらかな肩がはかな気な、美しい女であった。その縹緻《きりよう》と下卑《げび》た店の様子との不調和が、おはつの背後に潜む〝理由〟を思わせた。

あの夜、互いに打ち解けながら、二度目を拒んだおはつ――その姿が時折、夢の中で蘇《よみがえ》るのである。

――このまま品川に通いつめ、おはつの情夫《まぶ》を気取ってみようか。

若い頃ならそんな想いも浮かんだやもしれぬ。だが、師と離れ、女に溺《おぼ》れるのはあまりに我が身が情けない。おはつに言われた通り、〝裏を返す〟ことなく、あの夜の女郎は夢の女となった。

とはいえ……。

おはつの夢を見た朝は、何やら胸が締めつけられて、それはそれで心地が良い。

「旦那、今朝はご機嫌でやすね」

茶粥を装《よそ》う又平に、

「夢見がよかったのさ」

と、含み笑いで応えると、朝餉《あさげ》をすませて道場に出た。

まだ五ツ（午前八時頃）にならぬというのに、手習いに来る子供達の姿がぽつぽつと見える。

「栄さん、おはよう……ございます！」

栄三郎の姿を見て、まず元気な声をあげたのは、裏の〝善兵衛《ぜんべえ》長屋〟に住む筆職人・彦造《ひこぞう》の息子・竹造《たけぞう》である。

挨拶はしっかりとしているが、師匠である栄三郎を〝栄さん〟と呼ぶ――これは、栄三郎がそうさせているもので、自分は以前ここで手習い師匠を務めていた宮川九郎兵衛と比べると、とても〝先生〟と言えたものではない。〝栄さん〟〝栄三さん〟でよいと、子供達に伝えているのだ。

それでも、先生と呼ぶ子供が殆《ほとん》どだが、十二歳で、子供達の中でも一番大人びている竹造は、ちょっと気取って〝栄さん〟と呼ぶ。

「おう、竹造、早くから感心だな。お父《とっ》つぁんは達者にしているか」

父親の彦造は剣術好きで、時折、栄三郎の指南を受けに来る。

「お父つぁんは、栄さんのことを案じていたよ」

「ほう、何を心配してくれている」

「あの旦那は、いつになったら嫁を貰《もら》うんだろうってさ」

「はッ、はッ、そういうことか」

「いつまでも独身《ひとりみ》でいると、あの、ごくらくとんぼは……」

「何だと……」

「これは、お父つぁんが言ったんだ」

「それで……」

「そのうち、くだらねえ女にだまされて、手習いの師匠どころじゃあ、なくなるって……」

「ちぇっ、余計なお世話だよ」

「おいらもそう思ったから、お父つぁんに言ってやったよ」

「ほう、何と言ってくれたんだ」

「きっと、栄さんには、忘れられない女がいるんだろう、てね」

「お前には敵《かな》わねえや……」

気取った竹造の言い様に、思わず栄三郎は笑いつつ、

――忘れられない女か。

今朝見た夢の名残《なごり》が、再びきゅっと栄三郎の胸を締めつけた。

――おはつは、今、どうしているのか。

その想いを、師・伝兵衛の教えが打ち消した。

「酒は大いに楽しめ。だが呑《の》まれるな。女には惚《ほ》れてもよいが、遊女《あそびめ》とのこと

は、一度きりにしておくがよい……」

　何を今さら。

　やはり、早く嫁を貰えという彦造の心配は、的を射ているようだ。

　道場に次々と、子供達がやって来た。

　その屈託のない笑顔に触れているうちに、今朝の夢も、栄三郎の記憶のはるか向こうにとんでいった――。


　手習い所は昼になると一旦静寂が訪れる。

　子供達が、昼飯を食べにそれぞれ家に戻るからだ。

　雨、風の強い日、特別な行事がある日の他は、江戸の手習い所には弁当を持参しない。

　栄三郎は、この束の間の静寂が好きである。

　狭い道場が広く思えて、真ん中の板の上で大の字に寝転ぶと、えも言われぬ、清々《すがすが》しい心地になる。

　いつものようにごろりと横になると、又平が来客を告げた。

「深尾《ふかお》様、と申されましたが……」

「深尾様……。おお、深尾又五郎《またごろう》殿か。すぐにこれへ……」

深尾又五郎は、旗本三千石・永井勘解由《ながいかげゆ》の用人で、かつて師の岸裏伝兵衛が、永井家の屋敷に出稽古に行っていたことから、栄三郎とは親交があった。

伝兵衛が旅に出て後は、しばらく会うこともなかったのが、去年の暮れに京橋の上で行き合い、この手習い道場で、子供相手に読み書きを、大人相手に剣術を教えて過ごしていることを告げたのだ。

「いやいや、すぐにでもお訪ね致そうと思うたが、あれこれと御用繁多《はんた》でござってな。うむ、ここが道場か。拠《よ》るべき所ができてよろしゅうござったのう」

相変わらず篤実《とくじつ》な人柄が真《ま》っ直《す》ぐに伝わる口調で、深尾は道場に入るや、栄三郎に頬笑《ほほえ》んだ。

「お蔭《かげ》様をもちまして……」

栄三郎は、以前、ここで手習いの師匠を務めていた、宮川九郎兵衛の跡を受けて、暮らすようになった経緯を伝えた。

「して、その宮川殿は今……」

「はい。御老人は、浪人の身から仕官が叶《かな》った御子息と共に、その御任地へ行かれました」

「それは尚《なお》良い。万事めでたいことにて何よりでござる」

深尾はさらに目を細めた。

「わざわざ私の様子を見に来て下さったのですか。ほどのう子供達が戻って参りますが、すぐに済みます。どうぞ一間の内でお待ち下さりませ……」

栄三郎は、何事も心から喜んでくれる深尾の気持ちが嬉しくて、ゆっくりとしてくれるように勧めたが、

「いや、実は某《それがし》、ちと秋月殿にお願いの儀がござっての」

途端、深尾の目に光が宿った。

どうやら大事の用であるらしい。

「私なんぞに願いの儀とは……」

「ここへ来るまでに町でお手前の噂《うわさ》を小耳にはさみましてな。何でも町人と侍の間をあれこれと、取りもってくれるとか」

「いや、これは面目ない。貧しい者達相手では、なかなか暮らしも立ち行きませんで、まあ内職とでも申しましょうか」

「お手前の人柄故《ゆえ》のことでござろう。話に乗ってくれますかな」

「それはもう、御用人のこと。何なりとお申しつけ下さりませ」

「込み入ったこと故、外で話をしとうござる。暮れ六ツ（午後六時頃）に迎えを寄越《よこ》しますほどに、御足労下さるか」

「そのような大事を托《たく》されては否《いや》も応もありません。委細《いさい》、承知致《いた》しました」

「忝《かたじけな》い」

深尾は威儀を正すと、手短に段取りを告げて、道場から六畳間に入ることもなく、あたふたと帰っていった。

「三千石の旗本が、おれの力を欲しがっているとは……」

栄三郎は誇らし気な思いに体の力みを覚えた。役者のように大見得《みえ》を切りたい心地である。この刺激が取次屋のたまらぬ魅力だ。

「あんまり調子に乗っちゃあ、命取りですぜ」

栄三郎の気持ちを見越したように、深尾を見送り、戻って来た又平が言った。

「旗本なんてものは、御家の体裁《ていさい》を繕《つくろ》うためには、汚ねえことも平気でやらかしますからねえ」

「わかっているさ。だが、あの深尾さんはいい人だ。危ねえ仕事は持ちこまねえよ」

「ならいいんですがね……。とはいえ旦那、取次屋の評判も、近頃じゃあ随分と

「……」

「ああ、喜んでいいのやら悪いやら……」

こうなると悪い癖で、昼からの手習いに身が入らない栄三郎であった。

果たして、深尾又五郎の願いの儀とは――。

二

その日の暮れ六ツ。

約束通り、永井家の若党が栄三郎を迎えに来た。駕籠《かご》に乗せられ、水谷町にある道場を出て南へ。新両替町《しんりょうがえ》から出雲《いずも》町へと抜け、新橋《しんばし》を渡った所にある〝やまくじら屋〟の二階に案内された。

〝やまくじら（山鯨）〟とは、猪《いのしし》の肉のことで、この店ではこれを葱《ねぎ》と一緒に鍋で煮て食べさせてくれる。

所謂《いわゆる》〝牡丹鍋《ぼたん》〟である。

牡丹は、紋様の〝牡丹に唐獅子《からじし》〟から来ている。

因《ちな》みに、この店では時に鹿の肉も品書に加えられるが、これを〝紅葉《もみじ》〟と呼ぶ。由来は、〝紅葉ふみ分け鳴く鹿の〟古今集《こきん》の一首から来ているそうだ。師の岸裏伝兵衛が牡丹鍋を大の好物としていたことから、栄三郎も相伴《しょうばん》するうちに、とろりと舌に絡む猪肉の脂《あぶら》がこたえられないようになっていた。

それを深尾又五郎は覚えていてくれたのであろう。

二階には、栄三郎が通された座敷一間きりである。下からの酔客の話し声が賑《にぎ》やかで、かえって込み入った話をするのに都合がよい。

栄三郎が入った時、深尾は部屋に切ってある小さな炉にかけられた鍋に、葱を加えていた。傍《そば》の火鉢には鉄鍋の中で湯が沸き上がっていて、そこにチロリが浸っている。

店の者は呼ばず、二人だけで時を過ごしたいとの配慮であろう。

それに、この深尾又五郎――何事も自分で取り仕切らねば気が済まぬ男であった。

「ご足労をかけましたな」

「ああいや、やまくじらとはいいですねえ」

「まずは体を温めて下され」

深尾は栄三郎に酒と汁を勧めた。

二月になろうというのに、まだ暖かな日は遠く、牡丹鍋は冷えた体に優しかった。

とはいえ――。

「まず、お話を伺いましょう」

あれから、深尾の願いが気になって仕方がなかった栄三郎であった。

「左様でござったな」

柔和《にゅうわ》な中年男である深尾の顔が、たちまち厳しく引き締まった。

二人の間に緊張が奔《はし》る。

「実はな……」

「はい……」

「人を一人斬ってもらいたい」

「……。真《まこと》にござるか」

「いや、それは嘘《うそ》でござる」

「勘弁して下さいよ……」

「わァッ、ハッ、ハッ……」

昔から深尾は真面目な顔をして冗談を言う。

しかし、これが深尾の物を頼む時の常道で、まず場を和《なご》ませ、とんでもないことを言ってから本題に入ると、頼み事そのものが〝何でもない事〟に思えてしまうと真剣に思っているのだ。

「実は人を一人捜してほしいのですよ」

「ああ、そんなことですか」

事実、栄三郎の緊張は大いにほぐれた。

「人捜しなら、私に折入って話をするほどのことではないでしょう」

永井家は、公儀の重職を何度も務めた旗本だし、通常、これくらいの家となると、出入りの町方役人の一人や二人いるはずで、いくらでも捜しようはありそうなものだと、栄三郎には思えたのだ。

「さて、それでござるよ」

深尾は再び真顔になり膝を進めた。今度は戯言《ざれごと》でないようだ。

「この人捜しは、当家の面目に関わることでござってな。町方に頼み、奉行に借りなど作りとうはない。殿はそう仰せられてな」

「なるほど……。で、誰をお捜しすればよいのです」

「この度、当家に婿養子としてお入りになることとなられた、塙房之助《はなわふさのすけ》様の御姉上であられる、久栄《ひさえ》様という御方じゃ」

「婿養子となられる御方の御姉上……。それほどの御方が、まさか行方知れずになったわけでもありますまい」

「これには深い訳がある。定めて口外なきように」

「御家の大事を私如《ごと》きにお話し下さるのです。秋月栄三郎、命にかけて他言は致しません」

深尾又五郎は大きく頷《うなず》くと、房之助と久栄の謂《いわ》れについて語り始めた。

久栄、房之助姉弟は、遠州《えんしゅう》相良《さがら》の武士・塙市兵衛《いちべえ》の子として、相良城下にて生まれた。

相良城主は、かつて老中として絶大なる権勢を誇った田沼主殿頭意次《たぬまとのものかみおきつぐ》であった。

しかし、意次が失脚し、権勢の座から引きずり下ろされると、相良城は破却され、意次の世子・意明《おきあき》は、相良五万七千石から、陸奥下村《むつしもむら》一万石へと減封された。

田沼家に仕えていた塙市兵衛はこれにより禄を失い、江戸へ出て再起を図るが、妻を病に亡くし、自らも体を病み、一家は困窮を極めた。

市兵衛と共に、聡明な房之助を何とか世に出してやりたいとかねがね思い悩んでいた久栄は、苦界《くがい》に身を沈めることで五十両の金を作り、後々自分のことで房之助の身に災いが起きぬようにと、塙の家とは一切の縁を断ち、消息を絶った――。

お蔭で房之助は、名だたる京の私塾〝古義堂《こぎどう》〟に入塾が叶い、上方での留学によって、その才を開花することができたのだ。

「それで、父親の市兵衛殿は？」

「房之助様を送り出した後、寺で切腹して果てられたとのこと」

「そうですか……」

「房之助様は、父と姉の想いを胸に、血の出るような精進を重ね文武に抜群の名を挙げられ、やがて江戸へお戻りになり昌平坂《しょうへいざか》学問所・仰高門日講《ぎょうこうもんにっこう》において学ばれた……」

評判を聞き、永井勘解由は、房之助を屋敷へ招き、大学の講義をさせたところ、房之助にぞっこん惚れ込んでしまい、永井の家運を開くのはこの男をおいて他にないと、万難を排する覚悟で娘・雪《ゆき》との縁組を申し出た。

この時、房之助は姉・久栄の存在を明かし、

「姉が望んだ立身を遂げた上で、何としても見つけ出し、その恩に報いたいと存じまするが、姉が女郎となっていたとて、御家に迎えて下さりましょうか……」

勘解由に涙ながらに語ったという。

「それでお殿様は、それを承知で婿にすると申されたのですね……」

話を聞いて、栄三郎の目にも涙が浮かんだ。

「無論でござるわ」

深尾は既に泣いている。

「これぞ日の本一の婿殿よと、心地よう涙を流された」

「それで、深尾殿に姉君を捜せと……」

深尾は何度も頷いた。

二人は、気持ちを鎮めようと、暫し、猪の肉を頬張り、酒を飲んだ。

「久栄様は、私が必ず捜し出してみせます」

やがて気持ちを落ち着かせて栄三郎が威儀を正した。

「それにしても。この大役、よくぞ私に任せて下さいましたな」

「秋月殿の人柄を見込んでのことじゃよ」

「私の人柄……」

「御手前は人の噂話をおもしろおかしゅうに話されるが、悪口を言ったことがない。そういう御仁は、言うて良いことと悪いこととの分別がしっかりとしているものよ」

「つまり、口が堅《かた》いと」

「いかにも。それに御手前は……」

　深尾は表情を和らげて、

「遊里のことにはなかなか詳しかったではないか」

と、ニヤリと笑った。

「深尾さんこそ……」

　栄三郎は苦笑した。

　温厚篤実なる好人物である深尾だが、色の道にもそれはそれで詳しく、出稽古に赴く岸裏伝兵衛の接待と称し、自らが進んで羽目を外す姿を、栄三郎は何度も見ていた。そして、その深尾の歩調に合わせるのはいつも栄三郎であった。

「秋月殿ならば、武家の出の芸妓《げいぎ》に、既に幾人か心当たりがあるのではないか」

「御用人ほどではございませんよ。どうします。その久栄様を捜し出してみれば、以前馴染んだ相手であったら」

途端、深尾は厳しい表情に戻って、

「そのようなことがないと祈っておりまする……」

神妙に畏《かしこ》まった。

その様子に思わず吹き出しそうになったが、深尾はいたって大真面目で、栄三郎は声を呑み、自分も神妙に畏まってみせた。

かくして、取次の仕事は成立をみた。

房之助と久栄の話に感動を覚え、深尾の人柄に惹《ひ》かれて胸を叩いたものの、房之助の災いになることを恐れて消息を絶った久栄が、そう簡単に見つかるものか。また、見つかったところで、今さら姉だと名乗り、永井家に引き取られることを望むであろうか。

あれこれ、判断が迫られる仕事である。

それでも、

「人を一人斬る……」

と、いうわけでもない。

探索の入費に十両。事後に礼金として五両の条件が深尾から出された。

悪くはない。

これでまた、手習い道場も息がつけるようであった。

三

翌朝。

この日は手習いが休みで、昨夜の酒と相俟《ま》って、石町の明け六ツ（午前六時頃）の鐘に、一旦目覚めたものの、ついうとうとと寝入ってしまった栄三郎は、その僅《わず》かな間にまたも夢を見た。

憂《うれ》いを含んだ目で、じっと自分を見つめる、あのおはつの姿を見たのである。

がばっとはね起きた栄三郎の額に汗がにじんだ。

「まさか、そんなことが……」

どこか気品が漂うおはつの物腰は、百姓、素町人のものではなかったような……。

いつしか栄三郎の頭の中で、房之助という弟のために苦界に沈んだ、久栄の顔が、おはつのそれと重なり合った。

――そういえば。

おはつと会ったのは五年前。その年恰好《かっこう》は二十二、三。房之助が永井勘解由に話したところによると、久栄が苦界に身を沈めたのは十八になる寛政《かんせい》七年（一七九五）のことである。

それを数えてみると、久栄とおはつは同じ年頃ということになる。

久栄は華やかな妓楼を好まなかったはずだ。

そっと目立たぬよう、場末の女郎屋に埋れていようと思ったに違いない。

例えばあの日の、品川洲崎の妓楼のような——。

——そんなにたやすく見つかりゃあ世話がないや。

栄三郎はその想いを打ち消して、着流しに、脇差のみを腰に差し、ふらりと道場を出るとお染の家へと向かった。

折良く、お染が切り盛りしている居酒屋〝そめじ〟には暖簾《のれん》が掛かっていた。

夕方、早い時分から店は開くが、朝と昼はお染の気分次第でやっていたり閉まっていたりする。

今は人足風の男が二人、入れ込みの細長い床几《しょうぎ》に腰をかけ、味噌《みそ》汁で飯をかきこんでいる。

「おれにも味噌汁と飯だ」

「栄三さんか……」

客足が途絶えたか、お染は六畳ばかりの小上がりの框《かまち》に腰を下ろし、ゆったりと一服つけていた。

白く細い指先で煙管《キセル》を操る姿が美しく、様になっている。

「うちで朝飯を食おうっていうのかい」

「何だよ。いきなり憎まれ口か」

「飯を出すのがうちの商売だが、あんたの家来に、へいへい、ねしを起こされても困るんでね」

栄三郎の朝餉は、決まって又平が炊く〝茶粥〟であることを、お染は知っている。

これは、栄三郎が伝授したもので、前の日の残りの冷飯に、出涸《が》らしの茶葉を加えて炊く――。

今や塩加減も申し分なく、又平は、

「お染の店の朝なんぞ、食えたもんじゃねえでしょう」

などと言っているらしい。

相変わらず、お染はそんな又平が気に入らない。

だがそれは、幼い少女が、近所の大好きな年上の男の子に、いつも引っついている悪童に対して向けられる敵意にどこか似ている。

又平にとってはうるさくて仕方のない女であるお染の話を、栄三郎はにこやかに聞いてくれる。

お染は又平のことを毒突きながらも、栄三郎が来たことが嬉しいようで、しかめっ面《つら》の目が笑っていた。

栄三郎は床几に腰掛けた。

「毎朝、茶粥ってのも飽きるぜ」

「そりゃあそうだよ。あんなものは歯の抜けた年寄りに食べさせときゃあいいんだよ」

お染は煙管を置くと、てきぱきと立ち働き、膳を調えた。やがて二人の客も店を出て、

「それで、今朝は何を聞きに来たのさ」

お染は、うまそうに飯を食べる栄三郎を、少し嬉しそうに眺《なが》めて言った。

「わかるか」

「ああ、栄三さんが朝を食べに来る時は、必ずわっちに尋ねることがあるんだ

よ」

「へ、へ、そいつは悪かったな……」

栄三郎は、〝取次〟を頼まれた時に、相手方に纏《まつ》わる噂話など、お染から仕入れることが多い。

以前は深川辰巳の売れっ子芸者――。

お染の情報はなかなか多岐にわたる。

それ故、多少の憎まれ口も、笑って聞いていられるものだ。

「お前、女衒《ぜげん》に知り人はいねえかい」

「女衒……」

お染の顔が曇った。

「いくら左褄《ひだりづま》をとった昔があっても、人買いに知り人はいないね」

「そいつはお前の言う通りだ。嫌なことを聞いちまったな」

誰も好き好んで芸者になる女はいない。お染の過去に無遠慮に踏み入った物言いを、栄三郎は悔やんだ。

「だが、そういう奴《やつ》がいるってことは知っているさ」

栄三郎の自分への思いやりをたちまち受け止めたお染は、顔に笑みを戻した。

花街《かがい》で暮らしたお染は、人の気持ちに敏感で、素直だ。

「女衒に何の用があるんだい」

「何も告げずに、身を売っちまった女の居所を、知りてえってお人がいるんだよ」

「見つけ出してどうしようってんだい」

「身請けをしたいってよ。昔二人は惚れ合っていたんだ」

「一人の女が自由になるってのは、おめでたい話だね」

「どこにいたって、一寸先は闇だが、自由に暮らせてこそ人だ」

「いいことを言うじゃないか」

お染のきりりとした目鼻立ちが、少女のように澄み渡った。

「橋場《はしば》の渡しの傍に〝はつせ〟という茶店があるんだよ。ちょいといい女が切り盛りしていてね。その亭主は弥助《やすけ》という男で、女衒を生業《なりわい》としているそうだ」

「弥助……」

「その道じゃあ大した顔だよ。染次から聞いたと言やあ話は早い……」

「お染……。恩に着るぜ。こいつは附けの先払いだ」

栄三郎は汁を飯にかけ、慌しく掻《か》っ込むと、一両分床几に置いて店を出た。

「こんなにいらないよ……」

　お染は小粒を一枚ピシャリと自分の額に貼り付けて、嬉しそうに両の手で栄三郎が食べた膳を片付け、奥へと入った。


　栄三郎は、その足で浅草の東を隅田《すみだ》川沿いに北へ、橋場の渡しに向かった。

　この渡しは江戸で最も古くからあるもので、かつて、在原業平《ありわらのなりひら》が歌に詠んだという〝都鳥〟が川岸に群れをなしている。

　赤い嘴《くちばし》と脚が愛らしい。

　もうすぐ、暖かくなると、また、北へと飛び立つのだ。その頃になると、今度は対岸の大堤に八代将軍吉宗《よしむね》が植えさせたという桜の木々が美しい花を咲かすことであろう。

〝はつせ〟の場所はすぐにわかった。

　お染が言っていた〝ちょいといい女〟は、お染と同じ年恰好で、浅黄《あさぎ》色の前だれがよく似合う、色白でふくよかな女房であった。

　名をおみのという。

「染次姐《ねえ》さんから聞いてきた。御亭主の弥助殿に会いたいのだが」

「染次姐さんから……。姐さんは達者にしていますか」

栄三郎が声をかけると、おみのはいかにも懐かしいといった表情を浮かべ、栄三郎を奥の小部屋に通し、亭主の弥助を呼びに行った。

おみのは、お染が染次と呼ばれた、深川芸者の頃の仕事仲間であるようだ。

弥助は茶店の奥の土間で、黙然と湯を沸かしていた。

「弥助と申しやす。姐さんは御達者で」

小部屋に現れた弥助は、栄三郎を武家と見て、改まった口調で頭を下げた。

髪に白いものが混じってはいるが、なかなかの偉丈夫《いじょうふ》で、きりりとした男である。

「まあ、楽にしてくんな。おれは秋月栄三郎と言ってな。お染の店でいつもやりこめられているけちな男さ」

くだけた調子で栄三郎は、弥助に頬笑みかけた。

——ぶったところのねえ、いい旦那だ。

弥助は栄三郎に好感を抱いた。

「やりこめられるってえのは、旦那が姐さんに好かれているからですよ……」

嫌な奴には洟《はな》も引っ掛けないのが〝染次〟だと弥助は言った。

「あの姐さんに好かれるのは辛《つら》いもんだな」

少し照れて笑う栄三郎に、

「いや、染次姐さんに好かれるってことは、きっと、旦那の看板の一つになりますよ」

弥助は真顔で頷いた。

かつて、深川に染次というおもしろい芸者がいると、噂に聞いたことのある栄三郎であったが、無名の剣客には縁のない女であった。

「あのお染が、それほどの姐さんだとは知らなかったぜ」

畏れ入ったと感じ入って見せる栄三郎を、弥助はますます気に入ったようだ。

「それで旦那、今日はあっしに何の御用で」

にこやかに栄三郎に問うた。

「お前さんの生業のことはお染から聞いた。それでひとつ、人助けだと思って、教えてほしいことがあるんだ」

栄三郎は殊更《ことさら》に言葉を選んだ。

女衒は〝人買い〟と、世間からは冷やかな目で見られている。それだけに、生業の話となると、心を頑《かた》くなにしたり、ひねくれたもののとり方をするかもしれない。

栄三郎はそう思ったのだ。

その気遣いは〝世渡り〟ではなく、栄三郎の人に対する〝優しさ〟であった。

だからこそ、相手は栄三郎の話を受け止めようとするのだ。

――あの、勝気で気難しい姐さんが、いかにも気に入りそうな男だ。

長く渡世を生きてきた弥助は、そう捉えた。その胸の内には、栄三郎の役に立ってあげたいという思いが、こみ上げてきている。

「こんなあっしに人助けができるなら、喜んでお聞き致しやしょう」

「そいつはありがてえや。実はな、女を一人捜しているのだ」

栄三郎は、お染に話した時と同じように、房之助の名は伏せ、自分の友人のこととして弥助に尋ねた。

「そいつには惚れた女がいたが、その女は何かよんどころない事情があって、いきなり姿を消しちまった……」

後で話に聞けば、金のために身を売ったという。何としてでもこれを見つけ出して、身請けをしたいと友人が願っていると――。

「その御方は時が経《た》ち、身請けができる甲斐《かい》性ができたということで」

「ああ、それに、今でも女のことが忘れられぬと……」

「御相手の名は？」

「内密に頼む」

「姐さんの顔に泥は塗りません」

「元は武家で、牛込原町《うしごめはら》の六軒《ろっけん》長屋に住んでいた久栄という娘だ。姿を消したのは、寛政七年の暮れのこと。その時、歳は十八だったそうだ」

「委細、承知致しやした……」

弥助はそう言って頷くと、暫しの間、考え込んで、

「お武家様のこと。久栄という名は伏せているかもしれませんねえ」

「そうかもしれぬな」

「それに……。年季を十年とすれば、今年の内に明けることになります」

「そうだな。年季が明けて女郎から足を洗ったら、どこへ行ってしまうかわからねえ。こいつは早く捜さぬとな」

捜し出すのは並大抵ではない。江戸にいるとも限らない。

だが、塙市兵衛、久栄、房之助に訪れた悲劇を深尾又五郎に聞かされた栄三郎は、薄幸の姉弟に何としても幸せになってほしいと心から願っていた。

どうしたものかと思いあぐねていると、意外に弥助は涼しい顔で、

「明後日の昼頃まで、待っておくんなさい。それらしきお人を何人か探っておきましょう」

「本当かい」

「へい。後は旦那のお連れの方に、お顔を改めて頂きやす」

弥助は自信あり気に答えた。

「お染から話を聞いて、何も知らずに訪ねたが、どうやらお前さんは大した男のようだ」

「ただの人買い。忘八《ぼうはち》で暮らす、ろくでなしでござんすよ」

忘八とは、仁義礼智忠信孝悌《てい》の八つの心を失った者のことである。その意から、廓《くるわ》や遊女屋のことをさす。

「だが、旦那、身を売らねえといけなくなった女を騙《だま》したことはございませんよ」

「そうだろうとも。少ないが入用にあててくれ……」

栄三郎は弥助の前に二両を置いた。

「どうぞお収め下せえ。あっしは染次姐さんからの話と聞いて、お手伝いさせて

もらうだけのことで……」

「いや、どうせ貰った金だ。使っちまってくんな」

栄三郎はにっこりと弥助に頬笑みかけて、立ち上がった。

「面倒かけてすまねえな。明後日の昼、また来るとしよう」

栄三郎は小部屋を出て、おみのの賑やかな声に見送られながら茶店を後にした。

四

「ほう、さすがは秋月殿、では万事うまく運んでいるのじゃな」

「いや、もとより雲を摑《つか》むような話です。明後日、手がかりが見つかっていればよいが、何もなかったとしたら、今度はありとあらゆる女郎屋を片っ端からあたるしかありません」

橋場の渡しから、神田明《かんだみよう》神社《じん》へ。

栄三郎はその境内《けいだい》にある茶屋で、深尾又五郎と会っていた。

神田明神は湯島《ゆしま》台地にあり、朝敵となった平将門《たいらのまさかど》を祭神としていた。江戸っ子はお上にたてついた将門を贔屓《ひいき》にしたので、社は大いに栄え、ここで開かれる神田祭は、日枝《ひえ》神社の山王《さんのう》祭り、富岡《とみおか》八幡宮の深川祭りと共に、江戸の三大祭に数えられている。

その門前の、神田明神西町《にしまち》は、昌平坂学問所のある、湯島聖堂の裏手にあたり、ここに住居を構える、井山順庵《いやまじゅんあん》という医師の下《もと》に、塙房之助は寄宿している。

房之助は、学問所から寄宿先に帰る途中、神田明神鳥居前にある甘酒屋に立ち寄るのを何よりの楽しみにしているという。

栄三郎は、深尾の手引で、房之助の姿をそっと見に来たのである。

栄三郎は、房之助には自分が久栄を捜していることを知られずにいようと思っている。

実姉の秘事に触れる者の数は、房之助にとって、少ない方がいいだろう。あくまでも、深尾の〝手先〟となるつもりである。

だが、房之助の顔は知っておきたい。

というのも、房之助の話によると、姉・久栄は、弟の房之助と大変よく似ていたと言うのだ。

房之助の顔を覗《のぞ》き見することで、久栄探索の手がかりにしようと思ったのだ。そろそろ、学問所を出た房之助が通る時分らしい。

「入用のことなら何とでも致そう。まだ頼んで間もないというのに、それだけ動いてくれたというは大したものじゃ」

深尾は、ぽんと栄三郎の肩を叩いて笑った。

「さて、参ろう……」

二人は鳥居の方へ歩みを進めた。

朝は曇っていた空も、昼過ぎからはすっかりと晴れ渡り、鳥居前は参拝客で賑わっている。

「もしやあの御方では……」

南の方から、一人の若侍がやって来るのが見えた。

薩摩絣《さつまがすり》に綿 袴《めんばかま》。腰に小刀を帯し悠然と歩を進めるその若侍は、人混みにあって、一段と際立っている。

「さすがは秋月殿、お目が高い。まさしく房之助様でござる」

果たして、房之助は鳥居前の甘酒屋に入った。

栄三郎は深尾に目配せをすると、一人、甘酒屋に向かった。

店に入ると、店の女中がぽっと頰を上気させて、床几に腰かけた房之助に甘酒を運ぶところであった。

毎日のように店に来る、美しき若侍に、女はすっかり参ってしまっているのであろう。にっこりと会釈《えしやく》を返され、しどろもどろに頭を下げると、栄三郎には目もくれず奥に引っ込んでしまった。

栄三郎は苦笑して、隅の床几に腰を下ろした。そこからは房之助の顔がよく見えた。

瓜実顔《うりざね》に整った目鼻立ち、いかにも聡明さが窺《うかが》われる引き締まった口許《もと》には、そこはかとない哀愁が漂っている。

――この顔に、姉の久栄はよく似ているというのか。

栄三郎の表情に、たちまち困惑の色が浮かんだ。

やがて甘酒屋から出て来た栄三郎を、深尾が鳥居の蔭から手招いた。

「如何《いかが》でござった。美しい御方でござろう。あれで文武にも秀《ひい》でておられるというから、殿が惚れ込まれるのも無理はない」

「左様で……」

「甘酒は嫌いでござったか」

言葉少ない栄三郎の返事に、深尾はやや不満気に言った。

「いや、真に立派な御方でござる。あの御顔に似たお人が久栄様と……」

栄三郎は神妙な面持ちでそれに答えた。

久栄の哀れを思い、栄三郎はしんみりとしているのだと受け取った深尾は、

「真に久栄様はお気の毒なことじゃ」

と、同じく、神妙な面持ちとなり下を向いた。

「それで秋月殿、房之助様の御顔はしっかりと……」

「はい。この目の奥に刻みつけました。もう忘れることはありません」

甘酒屋から、続いて房之助が出て来た。

平静を装っているが、永井勘解由が姉の探索を引き受けてくれてよりこの方、その心中は、いつ見つかるか、果たして久栄は達者にしているのかと、揺れ動いているに違いない。

人混みに消えて行く房之助の後姿を、栄三郎はただじっと見送るのであった。

それから、深尾と別れた栄三郎は、気もそぞろに帰途についた。

――とりあえず、お染に弥助と会ったことを告げて、礼を言っておこう。

そう思いつつ歩く道中。

「まさか、そんなことが……」

今朝、繰り返した独り言が、何度も口から出た。

房之助の顔を見て驚いた。

その目鼻立ち、表情……。どれをとっても、未だ忘れられぬ、おはつというあの日の女にそっくりではないか。

かつて、師の岸裏伝兵衛は、遊女とのことは一度きりにしておけと言ったが、こうも言った。

「初めて顔を合わせた時、何やら心を揺らす相手がいる。不思議とそういう相手とは、その場限り別れてしもうたとて、また、いつか妙な所で出会うものじゃ」

それは伝兵衛が父親から受けた教えで、自分も同じ想いを何度もしたそうだ。

人は、美しい物を見たがるし、心地の良い調べに思わず聞き入り、うまい物を食べたいと願う。

ならば、知らず知らずのうちに、心を惹《ひ》かれる者に巡り合おうとして、色々な人との縁を積み重ねているのかもしれない。

その巡り合いが良いものか、悪いものかはわからぬが——。

「おはつが、房之助様の姉上であってほしい」

栄三郎は、そう思い及んだ。

そうだとしたら、少なくともおはつは幸せになれるではないか。

考えるうちに京橋の袂《たもと》に着いた。

しかし、〝そめじ〟は閉まっていた。

「おれと、今日は会いたくないのかもしれぬな」

栄三郎が頼み事をした後、お染は時折姿をくらます。

弥助、おみの夫婦のように、染次の頃を知る者と栄三郎が会った後などは、どこか気恥ずかしいのかもしれない。

「おもしろい奴だ……」

栄三郎は京橋を渡った。

川沿いを左へ、道場を通り過ぎると、栄三郎はさらに歩を進めて、船松町《ふなまつ》の渡し場へ向かった。

そこからは、佃島《つくだじま》にある、住吉明神社が見える。

かつて、徳川家康が、大坂住吉大社に参詣した折や、大坂の陣の折、摂州《せっしゅう》佃の漁民が船を出しよく仕えた。その功をもって、漁民達は江戸へ呼び寄せられ、この地を賜《たまわ》った。

その三十六名の漁師達が住んでいた地名をとって、佃島と呼ばれたのだが、その後彼らは、島に住吉大社の分社を建立《こんりゅう》した。

それ故に、大坂住吉大社の傍で育った栄三郎にとっては、渡し場から見る島の風景は、どことなく落ち着く眺めなのである。

渡し場の手前に広がる木立にさしかかった時であった。

木立に潜む人の気配を覚えた。

このような時――。

その気配を確かなものにせんと、腕に覚えのある者ならば、さらに木立に踏み入って、いざとなれば剣を振う気構えを見せるかもしれぬ。

だが、栄三郎の判断は唯《ただ》一つ。

木立に踏み入らず、人出のある所へ引き返すのみ。この気配には殺伐《さつばつ》としたものがあった。敵は一人とは限らない。

踵《きびす》を返した刹那《せつな》――。

栄三郎の耳に、鯉口《こいぐち》を切る幽《かす》かな響きが届いた。

「うむっ……」

栄三郎は駆けた。

駆けつつ、左手は腰の脇差の鞘を握り、右手は柄《つか》にかかっていた。

大刀を帯していないことが悔やまれた。

栄三郎の背後から、殺気の正体が迫った。

振り返りもせず駆ける栄三郎を追うのは一人の侍――。

「栄三郎、待たぬか！」

その声には聞き覚えがあった。

「新兵衛《しんべえ》か……。驚かすな」

振り向くと、大柄の侍が巌《いわお》のように立っていた。太い眉に猛鳥のような目、二、三発殴られてもびくともしない頬骨の張り、腰に帯びた大剣は、その刀装に些《いささ》かの無駄もない。

いかにも武骨を絵に描いたような武士は、松田《まつだ》新兵衛――かつて岸裏道場で共に修行をした剣友であった。

「まだ、武芸の心得は忘れておらなんだようだな」

ズシリと重い響きの声が、栄三郎に返ってきた。懐かしんではいるが顔は笑っていない。

「おれを試そうとしたのか、相変わらず厳しい男だ。江戸には何時《いつ》……？」

「たった今、戻った」

　互いの師、岸裏伝兵衛が、突如として道場を畳み廻国《かいこく》修行に旅立った後、新兵衛もまた、伝兵衛に紹介された道場を巡って暮らしていた。

「まず、おれに会いに来てくれたのか、こいつは嬉しいねえ」

「おぬしが小さいながらも道場を開き、子供達に読み書きを教えていると耳にして、嬉しくなってな」

「それで訪ねてくれたのか。留守にしていて済まなかったな」

「雨森又平というのは門人か」

「まあ……。そういうことだな」

「あれはどう見ても香具師《やし》の若い衆にしか見えぬ」

「町の者相手では、又平のような者がいると都合がよくてな……」

「その又平が留守だと言うと、表から子供が、栄さんなら鉄砲洲《てっぽうず》の方に行くのを見かけたぜ……」

「竹造だな……」

「おぬしは手習い子に栄さんと呼ばせているのか。親しき仲にも礼節を教えるのが師の務めであろう。それに、取次屋なるいかがわしい内職を始めたと聞いたが真か」

「取次屋をしていることは本当だ。だが、いかがわしいことはしていない。これは人助けなのだ」

「人助けというものは、商売ではなかろう」

「商売が人助けになることもある」

「おぬしは剣客が何たるものかわかっておらぬ」

「そういう新兵衛は、市井で暮らす者のことがわかっておらぬ」

何かというと、堅物《かたぶつ》の新兵衛とこういう議論になるのは昔からである。だと言って喧嘩《けんか》にならないのは十年以上、同じ釜の飯を食い、血と汗を流した間故のこと。

互いの性分を知りつくしているからであった。

「まあ、そうガミガミと言うな。互いにこの数年色々とあったはずだ。一度ゆっくりと語り合おうではないか」

「それもそうだ。今日、明日は挨拶に回る故、明後日の早朝に訪ねる」

と、頷いて新兵衛が行きかけるのへ、

「おい新兵衛、住処《すみか》は決まったのか」

「木挽《こびき》町二丁目に、〝たけや〟という唐辛子《とうがらし》屋がある。その二階を借りることにした」

言い置くと、新兵衛はスタスタと歩き出した。いつもながら口数は少なく、愛想のないこと甚《はなは》だしい。

だが、木挽町といえば、栄三郎の道場がある水谷町からは目と鼻の先である。

「新兵衛め、何かの折はおれの道場を助けてやろうと思ってくれたのだな」

栄三郎は、暫し思い入れの後、ニヤリと笑って手を打った。

新兵衛はその言葉通り、二日後の早くに栄三郎の道場にやって来た。

朝は済ませてきたという新兵衛であったが、栄三郎は茶粥を勧めた。

「茶粥か……。馳走になろう」

新兵衛は懐かしそうに笑みを浮かべた。

岸裏道場の朝に、茶粥を導入したのは栄三郎であった。

大坂の商家などでは、飯は一日一回、昼に炊く。昼に魚などの菜で温かい飯を食べ、夜は漬物で茶漬、翌朝にさらに硬くなった冷飯を出涸《が》らしの茶葉で煮込む

——真に合理的な食生活であった。

肉体を酷使する剣術道場で、夜は茶漬とはいかなかったが、岸裏伝兵衛は、朝の茶粥に修行僧の境地を覚え、これを気に入っていた。

「うむ、うまい……」

新兵衛は又平の給仕で、たちまち二膳を平らげた。今朝の又平は、筒袖《つつそで》の稽古着に袴をはいて、大いに緊張している。

「新兵衛、昔を思い出すなあ」

「ああ。だが、茶粥では騙されぬぞ。今日は、おぬしが、我が剣友として恥じぬ暮らしをしているか否《いな》か見に参った」

「恥じる暮らしをしていたら何とするのだ」

「おぬしとは絶交する」

「堅いのう……。お前はどうしてそう堅いのだ」

栄三郎は嘆息《たんそく》した。

そこへ、裏の善兵衛長屋に住む、彦造が出入りに顔を覗かせた。

「先生、いるかい……。何だ、お客さんですかい」

息子の竹造は〝栄さん〟と呼ぶが、彦造は剣術の手ほどきを受けているからか〝先生〟と呼ぶ。

「彦造か……。遠慮はいらぬ。おれの剣友でな。松田新兵衛という仁王のように強い男だ」

「そいつはどうも……。なるほど、強そうだ……」

黙って会釈する新兵衛に、彦造はたじろいで頭を下げた。

「で、何か用かい。竹造が熱でも出したか」

「ああいや、先生に炭代をまだ渡していなかったと思ってね、皆の分を預かってきやした」

「炭代？　しゃらくせえことを言うな。謝礼は貰っているんだ。そんなものいらねえよ」

「いやそいつはいけねえ。手習いの師匠には、冬には炭代、盆暮れ、節句にはそれなりの礼をするってことになっておりやすから」

「はッ、はッ、そいつはまともな先生にすることだ。おれは他で稼いでいるからよ。それより彦造、おれの嫁のことは大きなお世話だ」

栄三郎は、笑いとばして彦造を追い返した。

道場には次々と子供達がやって来た。

六畳の間から、土間の通路越しに道場を眺めて、

「どうだ新兵衛、かわいいもんだろう」

栄三郎は新兵衛に頰笑んだ。

「商売が人助けになるというのはこのことか」

「そういうことだ。岸裏先生は、金のある所から謝礼は受け取ったが、貧しい者には飯を食わせてまで教えてくれたではないか」

「うむ……」

新兵衛は黙りこくった。親の代からの浪人暮らしの新兵衛を伝兵衛は内弟子として、我が子のように育ててくれた。

「おれは先生ほどの腕がない。だから内職が欠かせぬのだよ」

「いや、おぬしの剣の腕は……」

言いかけた新兵衛を、栄三郎は引っ張って、

「ほら、新兵衛、ちょっと来いよ」

と、道場へ連れて行った。

たちまち大きな新兵衛の姿を竹造が見つけて寄って来た。

「お侍さんはおとといの……」

「ああ、栄さんの友人だ」

新兵衛は武骨な顔に、精一杯の笑顔を浮かべた。剣をとっては鬼神の如き剣友が、女子供には弱いことを栄三郎は誰よりも知っている。

「この人はな滅法強いんだぞ。道端で酒に酔って暴れていた侍を、五人まとめて堀に投げこんだこともあったな」

「え、本当かい」

あっという間に、新兵衛の周りに子供がたかった。

「そうだ、これからは時折、おれの替わりに、この松田新兵衛先生に教えてもらうか！」

栄三郎の言葉に子供達は、

「わッ」

と、歓声をあげた。

「おい、栄三郎！」

新兵衛は、思わぬ栄三郎の言葉に怒ったが、子供の前では声も荒らげられず、ましてや取り囲んだ竹造達をけ散らすわけにもいかず、慌てた。

「では新兵衛先生、よしなに。おれはこの子達のために、ちっと働かねばならぬのだ」

「ま、待て……」

栄三郎は、呼び止める新兵衛に構わず、すたこらと両刀を手に、着流しのまま外へと飛び出した。

「持つべきものは友じゃ。新兵衛の奴、ほんに良いところに来てくれたわ」

かねてより、取次屋の仕事が長引く時など、代わりに手習いを見てくれる者が欲しかった栄三郎であった。

「新兵衛なら、何はさて安心じゃ」

明日も新兵衛が来てくれるようにと、子供達がねだるだろう。又平がその煽動《せんどう》をする手はずになっていた。

五

「御足労をおかけしましたね……」

「とんでもねえ。こっちが頼んだことさ」

「あれから、染次姐さんが訪ねてくれやした」

「お染が……」

「栄三さんはいい人だから、力になってやってくれとね」

「そうかい……」

道場をとび出して、橋場の渡しに向かい、〝はつせ〟に弥助を訪ねた栄三郎は、お染が念を押しに、わざわざ出向いてくれたことを知った。

「そんなことは一つも言わなかったが……」

昨日、〝そめじ〟にお染を訪ね、口利きの礼を言いに行った栄三郎であったが、店に客が多く忙しかったせいか、お染は軽く受け流し、

「そのうち、わっちからも礼を言っとくよ」

と、だけで終わっていた。

「姐さんらしいですねえ」

弥助は小さく笑った。

「どうせあっしが、訪ねて来ると思って、先回りしたんでしょう」

人様のことを調べるのだ。栄三郎がお染と本当に親しいか否か、弥助は確かめる必要があった。

「お染と一緒に来りゃあよかったな」

栄三郎は段取りの悪さを詫《わ》びた。

「姐さんは一緒には来ませんよ」

「そうかな」

「旦那に惚れているんじゃねえか……。なんて、あっしやおみのに思われたら癪《しゃく》だ……」

「なるほど、お前さんの言う通りだ」

二人は、ふっと笑い合った。

「お前さんは、お染のためなら命も惜《お》しまねえって様子だが、何か借りでもあるのかい」

「あっしのために、啖呵《たんか》を切ってくれたんです」

かつて、ある大尽の宴席に呼ばれた弥助は、同席した処《ところ》の顔役に、人買いが一緒じゃあ酒がまずくなると、あからさまに罵《ののし》られた。

その時、お染は芸者・染次としてその席に呼ばれていたのだが、

「そういう親分は廓で遊んだことはないんですかい。きれいごとを言いなさるなら、身を売らなきゃあ生きていけない女達を、まとめて面倒を見てやったらようござんしょう」

と、顔役をやりこめたと言う。

「あの時のあっしの嬉しさ……。忘れやしやせん」

「そうかい。お染の顔が目に浮かぶぜ」

いい話を聞いたと、栄三郎はしみじみと頷いた。弥助は余計なことを言ったとばかりに、

「あっしのことはようござんすよ。旦那、それらしき女が三人、見つかりやしたぜ」

と、話を本題に移した。

「だが、十年前のこととなると、皆、あやふやなことしか覚えていませんでね」

「そりゃあそうだろうな」

「そのうち一人は二年前に死んでおりやす」

「そうか……。残った二人は」

「一人は、根津《ねづ》の〝松《まつ》のや〟の女郎で、名はお久《ひさ》」

「お久か……」

「久栄という武家の娘で、自らが望んで身を売ったとか」

「久栄と言う名であったのだな。塙という姓ではなかったか」

「そこまでは……。身の上を話したがらなかったようで」

「後の一人は……」

「品川洲崎の、〝大《おお》のや〟という店の女郎で、名は、おはつ……」

「品川洲崎……。おはつ、だと……」

「心当たりがおありで」

「いや……。そのおはつも、元の名を久栄と」

「そいつはわかりません。あっしの弟分が中継をしたんですが……」

弥助の話によると、どこでどう調べてきたのか、年の頃、十七、八の娘がその弟分の所へ訪ねてきて、

「何も聞かずに五十両で買ってほしい」

と、言ったそうだ。

弟分は、娘の切羽詰まった様子と、その縹緻《きりょう》の良さから、まだ奉公先が決まらぬうちに、十年年季、五十両で引き取った。

これは女衒中継というもので、ともすれば転売が繰り返される恐れもあり、その三年前の寛政四年（一七九二）に幕府から禁じられている行為であった。

とはいえ、身を売らねば一家が立ち行かない者にとっては女衒が最後の頼みの綱で、この稼業は裏道で生き長らえてきた。

「その弟分は娘の言う通り、何も聞かずに、おはつとして、品川へ送りこんだのだな」

「へい。ただ、金を受け取りに来た、娘の父親らしき男は、浪人で、何やら病んでいるのか、体は痩《や》せ細っていたそうで」

その男こそ、禄を失い江戸へ出て、妻を亡くし、自らも体を病んだという、塙市兵衛に違いない。

「ありがとうよ……」

栄三郎は大きく息を吐いて、頭を下げた。

「御役に立ちましたかい」

「ああ、助かった。見事なもんだな」

「蛇《じゃ》の道は蛇《へび》、てものですよ」

弥助はしみじみとした表情を浮かべて、

「どうか、久栄様を幸せにしてあげておくんなさいまし。こんな稼業に身を落としちゃあいるが、あっしら仲間内は、お上が守っちゃくれねえ人の暮らしを助けようと、心から思っております」

「お前さんが教えてくれたこと。大事に使わせてもらうぜ」

もう疑いようがなかった。

五年前、一度きり馴染んだ女――夢の中に現れては消える女――あの、おはつこそが、探すべき相手、久栄である。

――何という巡り合わせだ。己の夢にケリをつけることになろうとは。

「初めて顔を合わせた時、何やら心を揺らす相手がいる。不思議とそういう相手とは、その場限り別れてしもうたとて、また、いつか妙な所で出会うものじゃ」

師の言葉が今、蘇る。

――それほどの相手との出会いの場所が遊里であったとは、いかにもおれらしい。


栄三郎は、弥助から得た手掛かりを胸に、本所石原《いしわら》町北方にある、永井勘解由の屋敷に、深尾又五郎を訪ねた。

ここで、大きな手応えがあったことだけを告げ、深尾を大いに喜ばせると、暫し今後の対応を打ち合わせた後、栄三郎は時を移さず品川へ向かった。

この時、栄三郎の装いは、十徳《じっとく》を羽織った絵師、歌人といったものに変わっている。

俄長者の風流人が、おはつを気に入って、身請けをする――。

その上で、人知れず永井家に引き取られるという段取りになっていた。

いざ身請けとなった時のためにと、懐《ふところ》には二百両の金を預かり持っている。

〝江府《こうふ》の喉口《こうこう》にして、東海道五十三駅の首《はじめ》なり〟

品川は日本橋より二里の地である。

駕籠などは使わず、栄三郎は着替えたその姿に似合わぬ健脚ぶりで、走るように歩みを進めた。

武芸者としては怠りがちな鍛錬を、こういった日常の行動において消化している栄三郎であった。

何よりも、おはつとの再会に気が急《せ》いていた。

やがて東海道の左手には、袖《そで》ケ浦《うら》と呼ばれる海が広がる。右手は大名屋敷と寺ばかりだ。

潮の香りを胸一杯に吸うと、そこには、五年前、旅立つ師を見送った品川の駅があった。

立ち並ぶ宿、料理屋の間を抜け、洲崎弁天社が橋の向こうに望まれる松木立に囲まれた小旅籠――あの日、酒に酔ってはいたが見覚えのある佇《たたず》まい。

そこが、〝大のや〟であった。

さすがに栄三郎の胸は高なった。

逸《はや》る気持ちを抑え、ふっと中を覗くと、栄三郎の身形《みなり》を上客と見たか、女将《おかみ》が愛想を振りまきながら出て来た。

「いやいや、ここには随分と前に来たことがあってね……」

栄三郎は、自分を、読本作者の〝大和京水《やまときようすい》〟と名乗り、五年振りに江戸へ戻ったのだが、旅立つ折に立ち寄った、この屋の〝おはつ〟という芸妓はまだいるのかと思い立ち、足を止めたのだと、にこやかに話した。

「左様でございましたか……」

女将は溜息《ためいき》まじりに答えた。

「生憎《あいにく》こちらにはもうおりませんで」

「それは残念なこと……」

栄三郎は落胆を禁じえなかったが、折角《せつかく》来たのだ。昔を懐かしみたい故、女はいらぬ。酒など飲んで暫し休息したいと二分の心付けを渡し、女将を話し相手に時を過ごした。

女将は穏やかな栄三郎の様子に、目当ての芸妓を欠いていることを申し訳なく思ったのであろう、酒に白粉《おしろい》の濃い顔を、ほんのり朱に染めて、おはつのことを話し出した。

十年前、出入りの女衒が十八の娘を連れてやって来た。弥助の弟分のことであろう。娘は〝はつえ〟という名で、色々理由がある。黙って十年の年季で引き受けてほしいと言う。

縹緻も良く、聡明さが窺えるこの娘を、女将は大いに気に入り、〝はつ〟と名付け店に置いた。さして一流所ではないこの妓楼にあって、おはつは客の評判を呼んだが、本人は極めて慎《つつ》ましく、目立とうともせず、身請け話があってもさらりとこれを受け流し、黙々と年季を勤めていたという。

女将も次第に、情が移り、ここを出たら人知れず、そっと暮らしていきたいというおはつを、年季の明けきらぬ内に自由にしてやろうとさえ思っていた。

「それが、三月《みつき》ほど前に、おはつの兄というのが訪ねてきましてね」

「おはつの兄……。兄さんがいたというのかい」

「身寄りのことは一切聞いてくれるなといって長年過ごしてきましたから、びっくりしましたよ」

その兄というのは、佐吉《さきち》と名乗る上州の百姓で、何とか暮らしを持ち直したので、おはつを家に迎えたいとやって来たのだ。

長年、勤めてくれて〝大のや〟を儲《もう》けさせてくれたおはつのことだ。女将は佐吉が持参した五両の金で、おはつの年季証文を破り捨て、晴れて自由の身にしてやった。

「ところが聞いて下さいな。田舎《いなか》に帰ったと思った、おはつが、根津の廓に出ていると、報《しら》されたのでございますよ」

「根津の廓に？　そりゃあ確かなことかい」

「はい、うちの男衆が、〝えびすや〟という店で、そっくりな女を見たと。私はそれではっきりとわかりましたよ」

「その佐吉ってのは兄さんではなくて、おはつの悪い虫だったってことだね」

五両でおはつを買い取り、根津に三十か四十両で売りとばしたのだろう。根津は岡場所の中でも上級で客筋も良い。おはつならまだまだ働けるはずであった。

「悪い虫は他にいるんでしょうよ。佐吉って兄さんは、初めて見る顔でしたから……」

この屋に、おはつ目当てに通っていた誰かが、佐吉に一芝居を打たせたのだろうと、女将は言う。

「身持ちのしっかりとした子と思ったが……。やはり先生、女なんて男に惚れちまえば、くだらない道へ、走ってしまうものですかねえ」

「まあ、おはつがそれで幸せならいいってものさ。だが何やら、してやられましたねえ」

栄三郎は、そう言い置いて引き留める女将を振り切り〝大のや〟を立ち去った。

――おはつは、いや久栄は脅されている。

凡《おおよ》その次第は察しがついた。

品川の駅で駕籠を仕立て、栄三郎は根津へ急いだ。

根津の遊廓は、根津権現の門前町にあった。

根津権現は、六代将軍家宣《いえのぶ》の産土神《うぶすながみ》で、将軍家との関わりが深いため、門前町への取締も緩やかであった。故に岡場所として隆盛を極めたという。

――よりにもよって根津にいるとは。

根津権現の南方に不忍池《しのばずのいけ》があり、そのすぐ西方に、房之助が通う昌平坂学問所がある。

その身を案ずる姉が、目と鼻の先の遊里にいようとは、思ってもいない房之助であろう。

門前町に着いた時、既に日はとっぷりと暮れていたが〝えびすや〟はすぐにそれと知れた。間口の広い、なかなか立派な造作である。

栄三郎は、花車《かしゃ》（遣手）を捉えて、そっと二分金を握らせると、

「ここに、品川から鞍《くら》替えして来た女がいると聞いたんだがねえ」

是非その芸妓と遊びたい。すぐに話をつけてくれるよう頼んだ。

「それはきっと、お松《まつ》さんのことに違いありませんよ。先約がありますが、何、私に任せておくんなさいまし」

花車は、いかにも狡猾《こうかつ》そうな皺《しわ》だらけの顔に、満面の笑みを浮かべた。

「何しろここは初めてでね。この先はあれこれお前さんに頼るとしよう」

花車は上客を摑んだとばかりに、栄三郎を丁重に部屋へ通した。

そこは品川よりも上等で、違い棚のある床の間には香炉、花びんがしつらえてあった。

やがて、女が来て栄三郎と顔を合わせた。

あれから少し窶《やつ》れてはいるが、紛《まご》うことなき夢の女であった……。

「また、逢《あ》いに来てしまったよ……」

栄三郎の顔をまじまじと見つめていた女はその言葉で、おはつに戻った。

「もう、逢いに来て下さるなと、言いましたものを……」

二人は少しの間、無言で見つめ合った。

逢いに来るなと言った女。その言葉を愚直に守った男。互いに夢中となることを恐れたが、あれから忘れたことはなかったと、その〝間〟が物語っている。

「お前さんがおれに逢いたくなかったのは、逢えばいつか、余計なことを喋っちまう……。そう思ったからかい」

おはつは、何も言わず下を向いた。それで充分であった。栄三郎が夢の女に別れを告げる時が来た――。

「でもおれは、逢いに来るべきだった」

そう言うと、栄三郎は武士らしく所作を改めた。

「そうすれば、貴女《あなた》を少しでも早く、楽にしてさしあげられたかもしれぬものを……」

「え……」

何か訳知りのように、姿勢を正した栄三郎を、おはつは怪訝《けげん》な顔で見た。

「田沼家浪人・塙市兵衛殿の御息女・久栄殿でござりまするな」

「何と……」

おはつの顔にたちまち動揺が奔《はし》り、その表情を今度は久栄のものに変えた。

「悪いようには致しませぬ。房之助殿が、貴女の行方を捜しておられます」

「房之助が……」

「ほんに、貴女にそっくりだ……」

「私は、私は……」

久栄の目から涙が滴《したた》り落ちた。

「貴女は、己の身の上が、房之助殿の出世の妨げになると思っているのでしょうが、それは心得違いというものです」

「お願いです。私のことはどうか……」

「お喜びなされませ。房之助殿は旗本三千石の御世継《およつぎ》となられますぞ」

栄三郎は畳みかけた。久栄はその言葉に息を呑んで、ついにさめざめと泣いた。

栄三郎は、淡々と落ち着いて、深尾又五郎が訪ねてよりこの方の経緯を語り聞かせた。

「永井様が貴女のことを承知し、お捜しになられている上は、もはや隠れていることはありませぬ。とはいえ、御家の体面もありましょうほどに、私が大和京水として身請けを」

「房之助がそのようなことに……。よかった……。でも私は、ここを離れるわけには参りません」

久栄は喜びつつも激しく頭《かぶり》を振った。

「貴女の兄と名乗る男のことですね」

すべてわかっている栄三郎に、久栄は力なく頷いて、縋《すが》るような目を向けた。

久栄は、品川の〝大のや〟に数度通ってきた、森岡清三郎《もりおかせいざぶろう》という浪人に素姓を知られてしまった。

森岡は、房之助の将来に傷をつけてやると、久栄を脅し、強請《ゆすり》たかりの相棒・田子《たご》の権助《ごんすけ》と謀《はか》って、久栄を根津に鞍替えさせた。この権助が、〝兄〟と騙《かた》った佐吉のことである。

これで四十両は手に入れた清三郎と権助であったが、この先徹底して、久栄に付きまとい、その体で稼がせ、絞り取るつもりであろう。

「汚ねえ野郎だ……」

「こんな物を大事にしまっていたのがいけなかったのです……」

久栄は一枚の紙片を栄三郎に見せた。

「房之助が幼い頃、私にくれたものです」

手習いの紙に、萩の絵が描いてある。幼い筆致であるが、紙の中で萩は力強く、健気《けなげ》に花を咲かせている。房之助の才が窺われる絵で、〝姉上様　塙房之助〟としっかりとした字が添えられてあった。

「江戸へ出たばかりで、暮らし向きも思うにまかせず……。この絵だけが私の宝でした……」

久栄は辛いことがあるとその絵を眺め、必ずや房之助は立身を遂げてくれると、自分を奮《ふる》い立たせて来た。

「この絵を森岡に見られたのですね」

森岡は塙房之助の、昌平坂学問所での評判をちょうど小耳に挟んだところで、以前は目明かしの手先も務めたことのある権助を使って、まんまと久栄の素姓を探りあてたのだ。

「森岡はどうしようもない悪党ですが、房之助が昌平坂で名を馳《は》せていることを報せてくれました。私はもうそれだけでよかったのです」

「この秋月栄三郎に任せて下さい」

「でもあいつらは、私のことを見張っています。身請けをされたと聞けば、今度は何をたくらむことか」

「私が話をつけますよ。貴女は黙って、大和京水に身請けをされて、ここを出ればいい」

「栄三郎さん……」

「貴女とは今日初めて会った……。この先、私とは身分が違う。五年前のことは、胸の内にしまっておきます。どうか幸せになって下さい」

その夜。

栄三郎は久栄を相手に飲み明かした。酒に酔い、正体を失い、やがて眠りについてしまいたかった。

夢に見た女を目の前にして、取次屋の分を弁《わきま》えることなど酒なくしてできるはずがない。

久栄も迫り来る不安と、突如目の前に開かれた人生への希望に戸惑いながらも、房之助の立身と自分への想いを噛《か》みしめたかった。

幾度か馴染めば惚れ合ったであろう男と女。

酒の力を借りて眠りについた男の厚い胸に、女はそっと顔を埋めた。

やがて明烏の鳴く頃。

栄三郎はこの屋の主《あるじ》を呼び〝お松〟の身請けを申し出た。

廓は大騒ぎとなった。初会の客が、標緻が良くとも少し薹《とう》が立ったお松を身請けするとは……。

「実は以前に、品川の廓で馴染んだことがありましてな……」

それがここで再会し、縁を覚えたと、栄三郎は主に談合した。主は、治兵衛《じへえ》という老人で、栄三郎扮する大和京水を大いに気に入って、これを快諾したが、

「お松には性質《たち》の悪い男がまとわりついているようでございます。お気をつけなされませ」

と、念を押した。

栄三郎は、それも承知と、五十両の手附を置いて、明日迎えに来るから、この後はお松を自由にするようにと治兵衛に告げた。

見送る久栄は、不安気な表情で、栄三郎を見つめた。その口許は一夜の思い出に恥じらっている。

心配はいらぬと、大きく頷き、栄三郎は廓を後にした。

「ちょいとそこの御大尽、待ちねえ」

惣門の手前で、栄三郎を呼び止める声がした。

振り返ると、黒羽二重の着物を着流し、大刀を落とし差しにした侍と、その傍に唐桟《とうざん》縞の着物を粋に着た、目つきの鋭い男がいた。

――早速お出ましとは畏れ入るぜ。

一目でわかった。森岡清三郎と田子の権助であった。

「お松は身請けを承知したのかい」

森岡が唸るように言った。

「お金を払って女郎を自由にしてあげるのに、否《いや》も応もないでしょう」

「まあ、そりゃあそうだ。だがな、あの女の場合はちょいと込み入った事情があってな。身請けをするには〝えびすや〟とは別に、こっちに金を回してもらわにゃならねえんだよ」

「森岡清三郎さんでございますね。話は聞いておりますよ。幾ら払えばよいので」

「こいつは話が早えや。そうさな、お松は俺の身を立ててやろうと誓いを立てたんだ。五十両は頂かねえと、お前さんに黙って女を渡せねえな」

「五十両をお支払いすれば、後腐れはないと」

「そういうことだな」

森岡と権助は薄ら笑いを浮かべた。

——これを御縁にちょくちょくと。

そういう意図がありありと見える。真に腐った奴と思いつつ、栄三郎は人の良い金持ちを演じる。

「では、明日同じ時分にこの場にて」

「お前さんは物わかりがいいや。騙しっこなしだぜ。ツキに見放された浪人暮し……。俺はいつ死んだっていいんだ……」

森岡は手にした扇で、刀の柄を軽く叩いた。

「おお恐い恐い、脅かしっこなしですよ」

栄三郎は怯《おび》えて見せた。森岡は権助を連れて、ニヤリと笑って立ち去った。

見送る栄三郎の目がたちまち鋭くなった。

「旦那、廓で一晩しっぽりと。いいですねえ」

と、傍へ寄ってきたのは又平である。

昨夜、乗って来た駕籠の者に、栄三郎は文を托したのだ。

「馬鹿野郎、しっぽりとできずに悔しい想いをしているところだ。又平、あの二人の住処をつきとめろい」

　又平はしっかりと頷いて人混みに消えた。

六

「栄三郎！　お前という奴は……」

　道場に戻ると、子供達は既に帰った後で、代わりに松田新兵衛が仁王立ちで栄三郎を迎えた。

「師匠の務めを何と心得る」

　あれから、つい生真面目に手習いの師匠を務めてしまった新兵衛であった。子供達からは厳しすぎると恐れられたが、親達からは、その姿勢が大いに受けたようである。

「説教はゆっくりと聞く故、今はおれに稽古をつけてくれぬか……」

　栄三郎は、真っ直ぐに新兵衛を見た。

「何かある……」

栄三郎の目に宿る光と殺気に、新兵衛はたちまち剣客の顔に戻り頷いた。

それから暫くの間――道場に竹刀《しない》の音が鳴り響いた。

「栄三郎め……。怒っているな」

岸裏道場一の遣い手であった新兵衛も、怒りの感情を剣にぶつけた時の栄三郎には、昔から手を焼いた。今日の栄三郎の打ち込みは正にそれである。

新兵衛は剣友との久し振りの稽古に充実感を覚えながらも、栄三郎の身に何かが起こっていると案じた。

「これまでにしよう……」

新兵衛は稽古の終わりを告げた。

「あれから何があった……」

「頼む。何も聞かずにまた明日の朝、ここへ来てくれぬか」

「わかった」

何事かが友の身に起きた時、何も言わず、そっと見守るのが新兵衛の信条である。

黙って道場を後にしていった。

栄三郎は、六畳間の押し入れから一振りの大刀を取り出し、これを砥《と》の粉で磨きをかけた。

刀は無銘――野鍛治の父・正兵衛が一世一代、ただ一振り鍛えたものである。

栄三郎が江戸へ出る時に餞《はなむけ》にとくれたが、

「常には差すな。恥ずかしいよってにな……」

と、言われていた。

しかし、二尺二寸九分のこの一振りの切れ味の鋭さを、誰よりも栄三郎は知っている。

時が経つのも忘れて刀身に見入っていると、又平が戻ってきた。

「奴らの住処がわかりやしたぜ」

「おお、そいつは御苦労だったな」

ゆっくりと抜身を鞘に納めた栄三郎を見て、

「旦那、何をおっぱじめようってんで」

今度の取次の一件について、栄三郎は詳しく又平に話していない。それだけに刀を改める栄三郎が気になるようだ。

「心配するな。ちょいと話をつけねえといけなくて、こけ威《おど》し、てやつさ」

栄三郎は、にっこりと笑った。

やがて、件《くだん》の一刀を帯し、塗笠《ぬりがさ》に革袴——栄三郎の姿は根津権現の裏手に広がる百姓地にあった。

又平の調べでは、森岡清三郎は、ここの神明社近くにポツリと建っている百姓家に住みついていて、権助も随分と入り浸《びた》っているらしい。

日はすっかりと暮れていた。

仄《ほの》かに暗闇に浮かぶ灯——森岡の居所は容易に知れた。

栄三郎は夜陰に紛れ、百姓家に近寄り、傍にそそり立つ杉の大木の下で息をこらした。

家の中から、森岡の笑い声が聞こえてくる。

「廓の女というものは、打出の小槌《こづち》だなあ」

「へへへ、まったくで……」

追従する権助の声が続いた。明日の五十両の前祝いか。分け前の相談か。新たな悪事の画策か……。

「身の回りを探りゃあ、あれこれ事情があるもんだ。そこをつつきゃあ金になる……」

「それにしても今度は大当たりでしたねえ」

卑し気な二人の笑いが、栄三郎の怒りを増大させた。

——ちょうど良い。

俄に雨が降ってきた。そこへ、権助が出て来て外の厠《かわや》へと入った。

栄三郎はゆっくりと大刀を抜いた。

やがて用を済ませて家へと入る権助——栄三郎は音もなく進み出て、その背中に一刀を浴びせると、そのまま家の内へと駆け入った。

「お、お前は……」

権助が戻ったと思えば、そこには何と血刀を携えたあの御大尽——それでも、腕に覚えのある森岡は、傍に置いた大刀を抜き放ち、拝み斬りに迎え撃つが、勢いに勝る栄三郎の剣は、これを見事に下からすり上げ、森岡の腹に突き立った。

「た、助けてくれ……」

その言葉の終わらぬうちに、栄三郎はさらに刀を抉《えぐ》り、森岡は息絶えた。

栄三郎は刀の血を拭い、鞘に納めると、入り口で即死している権助が懐に忍ばせていた匕首《あいくち》を取り出し、森岡の刀と共に血糊《ちのり》をつけると、死体の右手に握らせた。そして、闇の中を駆け出した。

それに並走する黒い影が一つ——新兵衛であった。栄三郎は少しも驚かず、

「おれをつけて来たのだな」

「何故、あのようなことを」

「奴らは女の生き血を吸う鬼だ。生かしておいては、何人もの人が苦しむ」

「人を斬るのも仕事か」

「金を貰って人は斬らぬ。十年、泥水を飲んで生きてきた女が救われる。これはその餞《はなむけ》だ」

　駆けつつ話す二人――新兵衛は頷いて、

「おぬしの腕は大したものだ」

「危なくなれば新兵衛が助けてくれると思っていたよ。すまなんだ……」

「栄三郎、おぬしは、我が剣友の名に恥じぬ男だ」

「友ならば一つ頼みを聞いてくれ」

「わかった。明日の手習いは任せておけ」

　雨に煙る谷中《やなか》への細道――たちまち二人の姿は遠ざかって行った。

　それから数日がたって――。
　永井勘解由邸は、初午《はつうま》稲荷祭で賑わっていた。

二月の最初の午の日に、京都伏見稲荷《ふしみいなり》大社の神が降りたという謂《いわ》れから、この日は全国で稲荷祭が開かれる。

武家屋敷でも稲荷が祀《まつ》られていたから、この日は門を開け、町人の子供達も邸内へ入れて遊ばせ盛大に祭を催すのだ。

手習い道場の子供達を連れた、栄三郎、新兵衛、又平の姿もここにあった。

もちろん、これは深尾又五郎の招きによるものである。

久栄は無事、〝大和京水〟に身請けされ、駕籠を乗り継ぎ、この屋敷に迎え入れられた。

この先は、永井家の奥向で暮らすこととなる。久栄の過去を知る者はごく僅かで、自ら願い出て、久栄は萩江《はぎえ》と改名した。

〝萩〟の由来は、房之助が描いた、あの絵による――。

奥の一間で姉と十年振りの対面を果した房之助は、姉が持っていた件の紙片を見て号泣したという。

二月の後、房之助は永井家の婿養子となるそうだ。身分違いの婚儀だが、勘解由は一歩も引かず成立させたのだ。やがて時がたてば、久栄、おはつ、お松と、哀しい歳月を重ねた一人の女は、萩江として、一番長き幸せな日々を送ることであろう。

深尾は楽しそうに、子供達と遊び、菓子などを与えている。

竹造に加えて、新たに手習い子となった、善兵衛長屋の大工・留吉の息子・太《た》吉《きち》、左官屋長次の息子、三吉《さんきち》たちが元気に走り回っている。子供達は初午の翌日から手習いを始めることになっていた。

「松田殿も変わらぬ御様子、何よりのこと……」

岸裏伝兵衛門下の新兵衛もまた、深尾とは顔馴染みで、そこは人の良い深尾のこと、久しぶりの再会を大いに喜んでくれたのであった。

「お染も呼んでやればよかったな」

栄三郎の言葉に、又平は顔をしかめる。

「あの姐さんは侍嫌えのようでやすから、来やしませんよ。それより旦那、いってえ誰を探し回っていたんです。この前の野郎二人は仲間割れで殺し合いになったって聞きましたぜ」

「誰にも言うなよ」

「へい……」

「あの、深尾又五郎殿が、昔馴染んだ、忘れられねえ女の末路を調べてくれとな」

「へえ、あの旦那もやりますねえ。で、どうだったんです、その女は」

「ちゃあんと身請けされて、今では幸せに暮らしているってさ」

「そいつはよかったですねえ。と言っても、もう馴染むことができねえってのも寂しい話で」

「ああ、まったくだ」

二人の会話を聞いて新兵衛がニヤリと笑った。新兵衛だけには、〝おはつ〟と馴染んだことを置いて、今度の顚末《てんまつ》を打ち明けた栄三郎であった。

「どうだ新兵衛、取次屋も捨てたものではなかろう。これで、太吉と三吉の束《そく》脩《しゅう》の金も取らずに済むというものだ」

と、笑って見せる栄三郎に、

「少しは見直したが、もう手習いの師匠は御免だぞ」

新兵衛はいつもの厳しい顔を向けたものだ。

その新兵衛の手を子供達が引いて行く。

替わりに深尾が栄三郎の傍に来て、

「いやいや、これほどまでに早く見つけてもらえるとは思いませなんだ」

「たまたま、縁に恵まれただけですよ」

「縁か……。なるほど、そうとしか思われぬな。お手前と京橋の上で出合うたのも、定めて御仏《みほとけ》の思《おぼ》し召しでござろう」

「まったくです」

「だが、この何日もの間、色々と大変なこともあったのでしょうな」

「はい、それはもう……」

栄三郎は、声を潜《ひそ》めて、

「口討じに、二人斬りましたよ」

じっと、深尾を見た。

「それは、真にござるか……」

「いや、それは嘘でござる」

「勘弁して下され」

二人は笑い合った。

心地良い風が吹いて、屋敷内の方々に立てられてある、地口行灯《あんどん》に掛かる笠の花飾りを揺らした。

その風はさらに、囃《はやし》屋台《やたい》で奏でられ始めた神楽《かぐら》の調べを運ぶ。

庭に面する廊下に、永井勘解由が、奥方、姫、奥女中を従えて現れ、町の者達に会釈した。勘解由の向こうには、房之助と、萩江となった〝夢の女〟の姿が見えた。

深尾の横で畏まる栄三郎に暫し注がれる一人の女の目差《まなざ》し――それを総身に覚えつつ、栄三郎は目を伏せる。女の姿が消えてなくなるまで。

――何もかもが夢だったのだ。

そう己に言いきかせつつも、栄三郎の胸の鼓動は、なかなか止みそうになかった。

第三話

父と息子

一

道場の武者窓から、ひらひらと桜の花片《はなびら》が舞いこんできて、栄三郎の文机《ふづくえ》を薄紅色に装った。

〝手習い道場〟の裏手は〝善兵衛長屋〟で、その間の露地に植えられた桜の木に花が咲き始めたのだ。

ちょうど八《や》ツ（午後二時頃）になった。

「今日はこれまでにしよう」

栄三郎が手習いの終わりを告げると、

「先生、さようなら……」

子供達は口々に、叫ぶように別れの挨拶《あいさつ》を残して帰っていった。

子供達が随分と行儀良くなったのは、剣友、松田新兵衛の指導による。

この五年、各地の剣術道場を巡り、剣の修行を積んできた新兵衛であった。

それが、江戸へ帰った途端、まんまと栄三郎の〝代用師匠〟をさせられる羽目になったわけだが、もとより生真面目な新兵衛のこと、きっちりと子供達に礼法を教えこんだのだ。

大声を出さずとも、叱《しか》りつけずとも、子供達に言うことを聞かせる〝威風〟がこの男にはある。

子供達の心を和《なご》ませ、手習いに行くことが楽しいと思わせる術には長《た》けていても、厳しさに欠ける栄三郎にとって、新兵衛の存在は心強い。

「いやいや、持つべきものは友だ。頼りにしているぞ……」

という栄三郎の言葉に、

──その手は食わんぞ。

と心で思いつつも、

「新兵衛先生……」

などと子供達から慕《した》われると、新兵衛もついその気になり、栄三郎の頼みを聞いてしまうのだ。

お蔭《かげ》で栄三郎は、心おきなく取次屋稼業に身を入れられたのだが、ここ暫《しばら》くはこれといった取次の依頼もなく、新兵衛が道場に来ることもなかった。

そして、この春の日のうららかな昼下がり──。

新兵衛が、怒りを顕《あらわ》にやって来た。

「いや、まったくもって怪《け》しからぬ！　こんなことがあってよいものか」

栄三郎を訪ねて来るなり、新兵衛はこの言葉を繰り返した。まったく、よく怒る男だ。

話によると――。

新兵衛は、昨日、今日と、浅草田原町《たわらまち》に小野《おの》派一刀《いっとう》流の道場を構える、木田《きだ》忠太郎《ちゅうたろう》の招きで出稽古に赴《おもむ》いた。

今日はなかなか納得のいく稽古ができた新兵衛は、帰りに浅草寺に立ち寄り、さらなる技の向上を祈願した。

昔、金の鱗《うろこ》に身を包んだ龍がこの地に舞い降りたという伝承に因《ちな》んで、山号を金龍山《きんりゅう》と呼ぶ浅草寺は、江戸で一番人気の高い寺であった。

本堂の裏手一帯は、〝奥山〟という遊興地で、さらに北へ行くと、かの不夜城、吉原《よしわら》がある。

境内《けいだい》は、何が目当てか知れたものではない参詣人で、この日も大いに賑《にぎ》わっていたが、奥山も吉原も眼中にない新兵衛のこと。参拝をすませれば、さっさと帰るつもりであった。

それが、雷門《かみなりもん》の方へ向かって歩き出した時――。

「岩石大二郎《いわいしだいじろう》を見かけたのだ」

と言う。

「ほう、大二郎をのう。去年一度、深川八幡の社で出会うたが、達者にしていたか」

「それが、とんでもないことになっていた」

「とんでもないこと……」

岩石大二郎は、かつて、岸裏伝兵衛の門下にあって、栄三郎、新兵衛と共に修行をした、二人にとっては弟弟子である。

親の意向で江戸へ剣術修行に出た、大和《やまと》の十津川《とつがわ》郷士なのだが、その名に反して、小柄で痩身の優男《やさおとこ》で、いつも稽古についていけずに、伝兵衛の手を煩《わずら》わせていた。

伝兵衛が五年前に道場を畳み、廻国《かいこく》修行に旅立った後は長らく会っていなかったが、去年、深川の富岡八幡宮で会った時は、無腰で町人のような体《てい》になっていたのを栄三郎は覚えている。

新たな道場に通っていると言っていたのだが——。

「あ奴《やつ》め、役者になりよった」

「役者に……。まさかそのような……」

「おれも信じられなんだ」

浅草寺の境内で大二郎の姿を見かけた新兵衛は、足早に道行く大二郎を、人混みの中、追いかけた。

「すると、大二郎は奥山の芝居小屋に入って行くではないか」

そこは〝大松《だいまつ》〟という、宮地《みやち》芝居の小屋であった。

宮地芝居とは、寺社の境内で小屋掛けをする小芝居のことで、中村《なかむら》座、市村《いちむら》座、森田《もりた》座というような、官許のやぐらをあげている劇場とは違い、臨時に許可を得て興行をする。

あくまで、見世物として扱われ、回り舞台や引き幕なども許されていない、下等な芝居と位置付けられているのだが、それはそれで木戸銭の安さや気楽さから、人気は高い。

だが、宮地芝居であろうと、〝江戸三座〟であろうと、新兵衛にとって芝居小屋に変わりはなく、大二郎がそこに出入りしていることは許し難い。

この時代、武士階級にある者は、芝居小屋に入ってはいけない定め事があった。

もちろん、武士にも芝居好きはいて、そっと身分を伏せて入り浸《びた》る者も多いが、そんなことを斟酌《しんしゃく》できる新兵衛ではない。

大二郎を捕えてこれを糺《ただ》さんと、小屋へ歩み寄って中を覗《のぞ》いた。

小屋は次の興行の仕込みの最中で、折良く中から、仕切場の若い男が出て来た。

「取り込み中、すまぬが……」

新兵衛は男に問うた。

「今、ここに某《それがし》の存じ寄りの者が入っていったのだが……」

「へい、今、入っていったとなると……。ああ、文弥《ふみや》さんだな。ちょいとお待ちを」

「文弥……」

怪訝《けげん》な面持ちの新兵衛を残し、男はすぐに小屋の中へと戻って、

「文弥さん、お客さんだよ……」

と、新兵衛の前に連れて来たのは、紛《まご》うことなき、岩石大二郎であった――。

「ははは、文弥と言うのか」

栄三郎は、その時の新兵衛の様子を思い浮かべ、大いに笑った。

出て来た大二郎は、着替えた浴衣《ゆかた》の帯を締めつつ、肩には女形《おんながた》の衣裳《いしょう》を引っ掛けていたという。

「笑い事ではない。河村直弥《かわむらなおや》という役者の弟子となり、河村文弥というらしい」

新兵衛はいたって真剣である。

「河村直弥といったら、立役、女形《おやま》、いずれもこなせる。今評判の役者だぞ」

うっかり栄三郎が口走ると、

「栄三郎、おぬしも芝居小屋などに通うておるのか」

新兵衛はますます熱《いき》り立つ。

「いや、これは又平から聞いた話でな」

とりあえず、道場の外から様子を窺《うかが》う、又平に話を振っておく栄三郎――。

又平は、何度も首を横に振りつつ、どこかへ出かけてしまった。

「で、大二郎に説教をしたのか」

「いや、おれがするまでもなかろう」

「どういうことだ」

「奴の親父《おやじ》殿が、近々江戸へ来るそうだ」

「何だと、勘兵衛《かんべえ》殿が……」

大二郎の父・勘兵衛は、柳生新陰流《やぎゅうしんかげ》を修めた剛直の士で、十津川では知らぬ者がない存在である。

そもそも十津川村の郷士とは、太古の昔から、武人の集団として独立が認められており、大坂の陣の折は、徳川方について、大和周辺で起こった豊臣方の一揆《いっき》を鎮《しず》めた。

その功により、徳川幕府の政権下においても、十津川の住人は郷士として士分を認められ、免租《めんそ》の栄を受けている。

勘兵衛がどのような男かは〝推《お》して知るべし〟であろう。

勘兵衛は、次男の大二郎には、他流派を修めさせ、広く世の中を見聞させようと思い、江戸へやったのである。

それが、江戸へ出て、役者になった息子を見たら――。

「大二郎は殺されるぞ」

「まったくだ……」

栄三郎は大きく頷《うなず》いた。

「それで大二郎は、どう言ったのだ」

「おれを見るなり、助けてくれと」

「親父殿が訪ねて来ても、役者になっていることを知られぬよう、一緒に口裏を合わせてくれと言うのだな」

「その通りだ」

「で、新兵衛は何と……」

「もちろん、ふざけるなと、小屋の裏手で怒鳴《どな》りつけてやった。役者なんぞに成り下がり、その上、まだ父親を欺《あざむ》こうなど、武士の風上にもおけぬ奴だ」

勘兵衛に殺されたくなかったら、すぐに役者をやめて、一から剣術修行をやり直すことだと言い捨てて、新兵衛は奥山を後にしたという。

「いかにも、新兵衛らしいな」

「おれは間違ったことは言っておらぬ」

「ああ、間違ってはいない。だが、大二郎はおれたちにとっては、かわいい弟弟子だ」

「かわいい弟弟子だからこそ、厳しいことも言わねばならぬ」

「それと共に、奴の役者への想いも聞いてやるべきではないかな」

「役者への想いだと……」

そんなものは知りたくもないと言わんばかりの新兵衛を見て、栄三郎はふっと笑った。

「大二郎とて馬鹿ではない。三十になろうとする武士が、役者になるとは、よほど芝居の道に心惹《ひ》かれるものがあったとは思わぬか」

「奴の親父殿は、息子を役者にするために、江戸へやったのではない。岸裏先生とて、奴を立派な剣士にしようと思われていたはずだ」

「だが、大二郎にとって、剣の道よりさらに心惹かれるものに出会った。一度きりの生涯を、それに注いでみようと思ったことは、決して間違ってはいまい」

「いや、初心を忘れるから、横道にそれるのだ。おれには奴の気が知れぬ」

「それは、新兵衛が心から剣の道を好んでいるからだ。おれは新兵衛も、大二郎も羨《うらや》ましい」

「おい、栄三郎……」

「まあ聞け。おれは武士に憧れて剣術を始めた。町人の身でも、剣術が強くなれば武士になれると思ったからだ。その甲斐《かい》があって、岸裏先生の内弟子ということで、一端《いっぱし》の武士を気取ることができた。だがな、武士の世界に近づけば近づくほど、武士というものが嫌になってきた。そうすると、お前のように剣に打ち込むことができぬようになった。それでいて、腰に馴染《なじ》んだ刀は捨てられぬ。挙句《あげく》にこの様だ。きっぱりと役者の道に歩み出した大二郎は、おれよりも立派だとは思わぬか」

「思わぬ！」

新兵衛は即答した。

――いいことを言ったと思ったのにな。

栄三郎は、がっくりとして新兵衛を見た。

「大二郎がおぬしよりも立派だとは断じて思われぬ。おぬしは剣客《けんかく》としての生き方に迷っているだけだ。その迷いはおれにもある。大二郎を想う気持ちはいかにも栄三郎らしいが、おれはおぬしのそういうところが気に入らぬ。おぬしは大二郎とて馬鹿ではあるまいと申したが、奴は馬鹿だ、大馬鹿だ。ついでにおぬしも馬鹿だ。おれは帰る」

「おい、待てよ、新兵衛……」

新兵衛は仏頂面《ぶっちょうづら》で道場を出ると、振り返り様、ジロリと栄三郎を見て、

「大二郎に会いに行ってやれ」

「おれが……」

「奴はおぬしに会いたがっていた」

それから新兵衛は、栄三郎が何を言っても応えずに、道場から出て行ってしまった。

――いい男だ。

栄三郎は、ますます新兵衛が好きになった。

二

「秋月さん……。よくぞお訪ね下さいましたな」

「あらかたは新兵衛から聞いた」

「松田さんは怒っていたでしょうね」

「ああ、随分とな。だが、お前のことは心配している」

「それは、よくわかっております……」

「それにしても、よく思い切ったな」

新兵衛が道場に訪ねてきた翌日。

栄三郎は、浅草寺裏手の奥山へ出かけた。

新兵衛が、

「馬鹿だ、大馬鹿だ」

と、怒り狂っていた岩石大二郎であるが、栄三郎は剣術以外のことに、あれこれ興味を示す、この弟弟子を昔からかわいがってきた。

どこか憎めず、放っておけない男なのだ。

その想いは、新兵衛が栄三郎へ対する感情と、同じものかもしれない。

〝大松〟を覗くと、舞台では張子《はりこ》の牛が、芝居の稽古をしていた。

その中から出てきたのは大二郎である。

汗みずくの顔は、かつて道場で防具の面をとった時の、ほっとした愛嬌《あいきょう》のある表情そのままであった。

だが、その目の輝きは、あの頃よりはるかに光を増している。

桟敷《さじき》からあれこれ指示を出しているのが、大二郎の新しい師である、河村直弥なのであろう。

栄三郎はまだ、その舞台姿を見たことはないが、佇《たたず》まいですぐにわかる。

立っているだけで、周りの者を引きつける気を辺りに発している。

歳《とし》は栄三郎と同じくらいであろうか、さして歳がかわらないこの師に、どこまでもついていこうという意気込みが、大二郎の姿から感じとれた。

やがて大二郎は、栄三郎の姿を認めると、師匠に許しを請い、稽古を抜けて、栄三郎を近くの茶店に誘ったのだ。

「私は誰が何と言おうと、役者をやめる気はありません」

「そのようだな。最前、お前が〝牛の足〟をやっているのを見て、そう思ったよ」

「秋月さんは、私に役者をやめるように言いに来たのでは……」

「お前がおれに会いたがっていると聞いたから、来てやったんだよ」

「本当ですか……」

ぱっと、大二郎の顔が華やいだ。

「おれはお前の気持ちがよくわかる。実はな、おれが武士に憧れたのは、芝居のせいなんだ」

栄三郎の母親・おせいは、大の芝居好きで、道頓堀《どうとんぼり》は、角の芝居、中の芝居、さらに、天満《てんま》や、あみだ池の宮地芝居まで、よく栄三郎を連れて見に行ったものだ。

栄三郎は芝居を見るうちに、「義経千本桜《よしつねせんぼんざくら》」の、新中納言平知盛《たいらのとももり》、佐藤忠信《さとうただのぶ》。「仮名手本忠臣蔵《かなでほんちゅうしんぐら》」の、大星由良之助《おおぼしゆらのすけ》、早野勘平《はやのかんぺい》……。といった、登場人物に憧れた。

生まれ育った大坂が町人の天下であっただけに、武士の豪壮さに心惹かれたのである。

「それで剣術を始めたのだがな、そもそものきっかけがそれでは強くなるはずがない」

と、栄三郎は笑ってみせた。

「ははは、そりゃあそうでしょうねえ。わァ、はッ、はッ、おかしいなあ……」

つられて、大二郎も楽しそうに笑った。

「お前が笑うことはないだろう」

「すみません……」

大二郎は首をすくめた。

「今、思えば、おれも剣客など志さずに、役者になればよかった。そうすりゃあ、芝居の中で、どんな強え武士にでもなれるものなあ」

「今からでも遅くはありませんよ。どうです、私が牛の前足をやりますから、後ろ足を……」

「おれはお前の気持ちをほぐしてやっているんだよ！　後ろ足なんかできるか」

「すみません……」

「とにかく、おれはお前に、この上はいい役者になってほしいと思っているんだ」

「ありがとうございます」

「だがその前に、親父殿のことをどうするんだ」

「さて、そのことでございます。親父は三日後に到着とのこと。このままでは私は殺されます」

「だろうな」

「斬られ役で、殺されるのには慣れておりますが」

「余計なことは言わねえでいいんだよ！」

話すうち、栄三郎の口調もくだけてきた。

「ここは一番、親父殿に頭を下げて、許しを乞《こ》うんだな」

「それはいけません。いくら何でも、〝牛の足〟と〝斬られ役〟じゃあ、親父を説き伏せることはできません」

「だが、いずれわかることだ」

「ですから、私がしかるべき御役《おやく》を勤めさせて頂けるようになってから、改めて父に話したいと」

「今度ばかりは内緒にしておきたいのだな」

「はい……」

「去年、深川の八幡さまで会った時は、もう、役者になる気持ちが固まっていたのだろう。どうしておれに打ち明けなかったんだ」

「いくら秋月さんでも、これればかりは反対されると」

「おれはそんな石頭じゃあねえよ。まあ、時が来れば、親父殿に文でも認《したた》めるんだな。それじゃあ、しっかりとな」

能天気な大二郎を見ていると、心配してわざわざ奥山まで出て来たのが馬鹿馬鹿しくなってきた栄三郎であった。

もうすっかりと日も暮れてきた。兄弟子らしく、茶代を置いて立ち上がると、

「待って下さい」

と、大二郎が止めた。

「親父はなかなか勘の鋭い人です。何か怪しんで、あれこれと調べ回るかもしれません」

「その恐れはあるだろうな」

「お願いします。私が剣客として、それなりの暮らしをしていると、親父を安心させておきたいのです。親父に一緒に会って下さい」

「おれが、親父殿に……」

「その上で、私がきっちりと剣術修行をしていると伝えてほしいのです」

「おれに一芝居打てと言うのか」

「はい。親父は他に用があるとのことで、一日だけでいいのです」

「阿呆《あほう》、つき合《お》うてられるか」

「先ほどは役者になればよかったと」

「だからあれは言葉の綾《あや》だ！」

「では、仕事としてお願いします」

「仕事？」

「以前、お会いした時、内職に取次屋なるものをしていると……」

「金を出すと言うのか」

「出世払いということで」

「おれがまず殺してやる……」

馬鹿に付ける薬はない――と、栄三郎は大二郎の首を締めた。

「痛い、痛い、勘弁して下さい……」

「黙って聞いてりゃあ、いい気になりやがって……」

腹を立てつつ、若き日に稽古終わりの道場で、このようにふざけ合った思い出が蘇《よみがえ》り、栄三郎の口許《もと》を綻《ほころ》ばせた。

どこまでも甘えてくる大二郎がかわいくて仕方がないのだ。

大二郎は、栄三郎の〝優しさ〟を知っていて、締めあげられても、やはり助けてくれると信じている。

――それがまた、頭に来る。

調子にのせられてたまるかと、栄三郎は尚《なお》も締めあげた。

茶店の親爺《おやじ》も娘も、二人の様子が頬笑《ほほえ》ましく映ったのであろう。止めようともせず笑いながら見ている。

その茶店娘の顔が、ポーッと上気した。

茶店に、河村直弥が現れたのだ。

浴衣《ゆかた》掛けで稽古をつけていた先ほどとは違い、丈長の羽織を身に纏《まと》ったその姿は、さらに美しく輝いていた。

直弥は、

——構わないでほしい。

と、親爺と娘に目で告げて、栄三郎に深々と一礼した。

「河村直弥と申します。どうか文弥を許してやって下さりませ」

その身のこなしの一つ一つが、冬空を舞う白鶴の如《ごと》く美しく、栄三郎は思わず、大二郎から手を離し、直弥に見入った。

「秋月栄三郎です……」

「あなたさまが。文弥からお噂《うわさ》は聞いておりました」

大二郎が恥ずかしそうに笑った。

栄三郎、悪い気はしない——。

「いや、今は少し戯《ざ》れていただけでな。兄弟子として大二郎がいい役者になってくれたら何よりと思っていますよ」

「左様でございましたか。私にはお武家様のことはよくわかりません。それ故、文弥のお父上様がお越しになられると聞きましても、何も口添えをしてやれませんで……」

「それはそうだ。こいつが頼んでお前さんの弟子にしてもらったんだ。太夫《たゆう》が挨掺に出向くことはないさ」

「お武家が役者になるなどと、とんでもないと、文弥が弟子にしてくれと言った時は断わりました……」

それが、何度断わっても諦めずに、直弥の許へ通ってくる大二郎に根負けして、遂《つい》に弟子にしたという。

この上は、何とか大二郎が、河村文弥でいられるようにしてやりたい――。直弥もまた、栄三郎と同じように、この優男をかわいがっているのであろう。

「どうか、文弥の相談にのってやって下さいまし。文弥は秋月様を頼りに致しております。これは些少《さしょう》ながら、御役に立てて頂きとうございます」

と、懐紙に包んだ金子を、そっと栄三郎に差し出した。

ざっと見たところ、三両の厚み――。

「いや、こんなことをしてもらっては。その、某もこ奴の兄弟子であった男故……。うむ、そうか、ならばこ奴のために役立てよう……」

取り繕《つくろ》いつつあっさり受け取る栄三郎であった。

――どうせ、大二郎の口車に乗せられてしまうのだ。貰《もら》っておけばよい。

河村直弥、文弥師弟は大喜びで、栄三郎に頭を下げた。

「大二郎、いや、文弥。いいお師匠を持ったな。だが、岸裏先生の恩を忘れるなよ」

「はい……。それは決して……」

大二郎は、細面を涙に濡《ぬ》らした。

金を貰えば仕事である。

栄三郎は、

「所を替えて一献《いっこん》……」

と、いう直弥の誘いを断わり、その日は道場へ、そのまま戻ることにした。

小屋掛け芝居の役者ながら、中村、市村、森田という〝三座〟の看板を張る役者にも劣らぬと評判の、直弥と連れ立って飲み歩くのは、気恥ずかしかった。

茶店を出て、栄三郎を見送りについて歩く間でさえ、道行く女達が直弥に向ける視線が気になるくらいだ。

大二郎も、色白の細面に、形よく目鼻が整っていて、昔は遊びに行くとなかなかにもてたものだが、やはり直弥とは格が違う。

ややしゃくれた顎《あご》が、スッと通った鼻筋と調和して、錦絵から出てきたような趣《おもむき》がある。

これは決して生まれながらのことではなかろう。

人に己の姿を晒《さら》すうち、顔形までも芸の力で作り上げたのだろう。

感心しつつ道行く栄三郎は、直弥に注がれる人々の目差《まなざ》しの中に、どんよりとして、殺気立ったものが混じっていることに気付いた。

〝大松〟の芝居小屋の前をうろつく数人の男達――その気にくわぬ目差しは、連中から発せられていた。

縞柄《しまがら》の着物に細めの帯を締め、雪駄《せった》をちゃらちゃらさせている様子は、まさしく処《ところ》の破落戸《ならずもの》といったところである。

「あの連中は……」

栄三郎はさり気なく大二郎に尋ねた。

「あれは〝兼松《かねまつ》〟の廻《まわ》し者ですよ」

大二郎は憎々し気に答えた。

「同じ奥山の小屋なんですがね。御師匠さんの人気に客足をとられて、ああやって嫌がらせに来るのですよ」

「そうかい。芝居で勝負すりゃあいいものを」

「あの痩せぎすの男が、蝮《まむし》の甚六《じんろく》という、この辺の鼻つまみ者でして。よりにもよってあんな奴を飼い慣らすとは……」

「文弥……。放っておき。ああいう輩《やから》は相手になってはいけませんよ」

直弥は、大二郎を窘《たしな》めた。

その様子を見て、蝮の甚六はニヤリと笑った。頬がえぐれた死神のような男である。

「いざという時は叩《たた》きのめしてやれ。あれくらいの奴らの二人や三人。岩石大二郎に戻れば、わけもあるまい」

甚六の不気味な笑いに、嫌悪を覚えた栄三郎は、大二郎にそう言うと、破落戸達を睨《にら》みつけた。

くだけた着流し姿ではあるが、腰に両刀を帯した栄三郎の睨みに、甚六達は怯《ひる》んだか、向こうへ去って行った。

「秋月様のお言葉ではございますが……」

直弥は栄三郎に頭を下げつつ、大二郎を見て、

「どんな時であれ、手出しはするんじゃないよ。役者にとっては、顔が命。もし傷でもつけば大変だ」

栄三郎は感じ入って、

「太夫の言う通りだ。役者には役者の心がけがあるか……。今の言葉は忘れておくれ。まず親父殿を何とかせぬとな。到着は三日の後か……」

日は迫っていた。

栄三郎はすぐに取次屋の顔に戻って、役者の師弟に見送られ、奥山を後にした。

浅草寺の境内を行くと、既に灯籠に灯が入れられていた。

その灯に、花を咲かせ始めた桜の木々が、ぼんやりと浮かび、夜の虚空に紅をさしている。

——花は桜木、人は武士。と、言うが。

武士の真似《まね》事をしている自分より、武士を捨てた大二郎の方が、何やら輝いて見えるではないか。

自分はいったい、何処《どこ》へ向いて歩いて行っているのだろうか……。

桜の花の美しさが、栄三郎を感傷にひたらせた。

——いや、いかぬ、いかぬ。

恵まれている者ほど、下らぬことで思い悩むものだ。

「人は生きるのが仕事や。ところがいつか死んでしまうことをわかってしもてる。夢を見たとて虚《むな》しいことや。そやよってに、楽しみを見つけるんや。どんな時にでも楽しみを見つけて生きてたら、短い一生も捨てたもんやない……」

栄三郎の父・正兵衛は酒に酔うと、いつもこう言った。

近頃はその意味がわかる気がする栄三郎であった。

今、懐には三両の金がある。

困窮《こんきゅう》に喘《あえ》ぐ武士達がごまんと居る世の中で、自分は立派に生きている。

――楽しみだ。楽しみを見つけねばな。

さて、大二郎の一件を何としよう。

そう思いながら、雷門を出た所で、栄三郎を呼び止める声がした。

「おう、こいつは手習いの先生じゃあねえか」

声の主は、前原弥十郎《まえはらやじゅうろう》という町方同心である。廻り方で、手習い道場を時折覗きに来ては、教育についての蘊蓄《うんちく》を語る――栄三郎にとっては面倒な男であった。

同心といえば、黒紋付の巻羽織の着流し、紺足袋《たび》に雪駄、髷《まげ》は先を細く短く小《こ》銀杏《いちょう》に結《ゆ》った粋な旦那を思い出すが、弥十郎は固太りで丸顔で、目も鼻も口も丸い。

見ようによっては〝愛らしい〟が、同心の立ち姿としては、まるで美しくない。

それ故、同年輩の栄三郎に知性をひけらかすのかもしれないが、これがまた、野暮《やぼ》だ。

「子供達を放っておいて、取次とやらに走り回っているんじゃねえのか。子供ってやつは大人の真似をしたがるもんだ……」

――また始めやがった。

こんな所で蘊蓄はごめんだと栄三郎は、話題を変えた。

「旦那、それより何とかなりませんか。奥山で、蝮の甚六って奴が、大松って芝居小屋に嫌がらせをしているようで。これが性質《たち》の悪いの何の……」

と、先ほどの破落戸達のことを訴えた。

「お前は何もわかっちゃあいねえなあ」

弥十郎は大仰《おおぎよう》に溜息《ためいき》をついてみせた。

「あすこは寺社方の扱いだ。俺に訴え出るのは御門違いってもんだ。よくそれで手習いの師匠が務まるな。いいか、子供ってもんはなあ……」

弥十郎の蘊蓄は、どこからでも始まるのである。

三

岩石大二郎の父・勘兵衛が、いよいよ江戸へ到着するという前日の昼下がり。

居酒屋〝そめじ〟に、四人の男が集まって、何やら打ち合わせている。

四人は、栄三郎、又平、旗本・永井家用人の深尾又五郎、そして、大二郎である。

栄三郎が大二郎のために考えた筋書きはこうである。

勘兵衛が来たら、まず、大二郎が、岸裏伝兵衛門下の兄弟子・秋月栄三郎と、その門人・雨森又平と共にこれを迎え、旗本三千石・永井家屋敷に連れて行く。

伝兵衛が江戸を離れてからは、大二郎がその代稽古を務めていて、用人の深尾又五郎が、是非、勘兵衛に挨拶をしたいと言っていると言うのだ。

そして、深尾は屋敷を訪ねた勘兵衛を丁重に邸内の道場へ案内し、生憎《あいにく》本日、稽古はないが、月の内数度、大二郎の世話になっていると伝える。

旗本屋敷の内まで案内されれば、いかな勘兵衛とて信じるであろう。

栄三郎は、この役目を深尾に頼み込んだ。

先日、永井家の婿養子として迎えられる、塙房之助の生き別れになっていた、姉・久栄を探し出した栄三郎のことである。

深尾は、この芝居に快く応じてくれた。

何事も〝話のわかる〟深尾は、かつて二、三度、伝兵衛の付き人として屋敷を訪れたことのある大二郎を覚えていて懐かしんだ。

「ほう、あの、色が白くて細身の岩石殿がのう。河村直弥の弟子になったとは」

実は、深尾又五郎――密《ひそ》かに、河村直弥の評判を耳にして、奥山の大松を覗いていた。

「世の動きに敏ならずば、三千石の御家の用人など務まらぬ」

これもその一環であるらしいが、深尾が芝居好きなのは事実であり、すっかりと直弥の芸に魅せられたようである。

その時、既に大二郎は、河村文弥として出ていたはずだが、

「まったく気付きませなんだ」

そうである。

話を栄三郎の筋書きに戻そう。

屋敷内を案内した後、深尾は是非一献さしあげたいと、勘兵衛を、大二郎、栄

三郎、又平と共にこの店に連れて来る——酒を飲ませる——酔わせる——細かい疑問を忘れさせる——その夜は早く眠らせる。

「と、まあ、このような段取りだな」

一同はそれぞれ頷いたが、接待役として事情を打ち明けてあるお染は、醒《さ》めた目を四人の男に向けていた。

「深尾様、御足労をおかけしまして、申し訳ございません」

大二郎が頭を下げた。その所作はどこか芝居染みている。

「なに、お手前が〝代稽古〟に来ている。と、さえ言わねば、これは嘘《うそ》にはなりませぬよ」

こういうところ、深尾は世慣れている。

「稽古に来てもらっている」

と、言えば嘘にはならない。

「さすがは深尾様だ……。でもいいんですかい、是非一献さしあげたい。なんて言うのが、こんな店で」

又平が言った。

お染の顔が引きつった。

「いいんですよ。うちの親父は変わり者で、こんな店の方が喜びます」

と、今度は大二郎が言った。

「こんな店って、どういう店なんだい!」

お染がついに吠《ほ》えた。

「お染、そう怒るな」

栄三郎が宥《なだ》める。

「さっきから聞いてりゃあ、大の男が集まって、よくそんな馬鹿馬鹿しいことができるね。こんな男のために」

「こんな男って、どういう男なのです」

今度は、大二郎が口を尖《とが》らせた。

「あんたのことだよ。この牛の足!」

「ひどいことを言う……」

「大二郎、その姐《ねえ》さんには逆らうな」

栄三郎は、お染に頼んで、当日は僅《わず》かな金で店を貸し切りにしてもらっていた。

「お染、こんな店というのは、飾り気がなくて、それでいて洒落《しゃれ》ていて、いい女がいる店ってことだ」

「わかってりゃあいいんだよ。又公、今度憎まれ口叩いたら、牛の親父さんに、洗い浚《ざら》いぶちまけてやるからね」

怒りつつも、この下らない芝居に、見込まれて参加することが、少し嬉しいお染であった……。


果たして、岩石大二郎の父・勘兵衛、江戸来着の日が来た。

京橋南詰の袂《たもと》で待ち受けるのは、栄三郎、又平、そして大二郎。一様に袴を着し、栄三郎、大二郎は両刀を帯び剣客風の装い。又平は脇差のみを差し、門人の装い。

「大二郎、まさかその刀、竹光ではあるまいな」

「いえ、まだ質には出しておりません」

栄三郎の問いに、大二郎は虚《うつ》ろな面持ちで答えた。先ほどから、己の立ち姿に気を配りつつ、油断なく辺りの様子を見ている。

勘兵衛は武芸者であり、大二郎の立ち姿で、息子の修行の成果を判ずるであろう。

さらに――もう十年も前になろうか。息子を托《たく》した、岸裏伝兵衛に挨拶をしに、勘兵衛は以前にも一度、江戸へ来たことがあった。

その時、父を迎えに出た大二郎は、物陰に潜《ひそ》んでいた勘兵衛に不意打ちをくらい、

「修行が足りぬ！」

と、棒で打ちすえられたという。

大二郎の緊張は当然のことと言えよう。

栄三郎は、その後本所番場《ばんば》町にあった岸裏道場を訪ねた勘兵衛と顔を合わせている。

その古武士然とした風貌の中に、息子を想う気持ちが見え隠れして、栄三郎は、

「武士の父親とはこのようなものか」

と、感動を覚えたものである。

だが、役者を目指す大二郎にとっては、〝一廉《ひとかど》の役者〟になるまでは、間違っても武士を捨てたと言えるものではなかろう。

やがて、南の新橋から続いている東海道に、一目でそれと知れる〝老武士〟

が、京橋へ向かってやって来るのが見えた。

裁着袴《たつつけばかま》に袖無し羽織、編笠を手に悠然と道行く足取りに些《いささ》かの乱れもない。

岩石勘兵衛であった。

瘦身で色白の息子とは違い、まだまだ劣えを知らぬ身体は、鋼《はがね》のように引き締まり、肌は赤銅《しやくどう》色に輝いている。

厚い唇は真一文字に結ばれて、いかにも、〝一筋縄ではいかぬ〟風情である。

「おお、これはわざわざのお出迎え、真《まこと》に忝《かたじけの》うござる。貴殿は確か、秋月殿……」

勘兵衛は、大二郎に目もくれず、栄三郎に辞儀をした。

「覚えていて下さりましたか……」

栄三郎は、少し嬉しくなり、勘兵衛に好意をもったが、又平と共に挨拶を交わした後、

「大二郎！　何だその立ち方は！」

早速、勘兵衛の怒声が大二郎にとんだ。

「い、いけませぬか」

大二郎は出鼻を挫《くじ》かれ、たじたじとなった。

「武芸を修める者には、威風なるものが備わらねばならぬ。お前のその立ち方は姿形ばかりを気にしておる。まるで〝役者《の》〟のようじゃ」

栄三郎、又平、大二郎、思わず息を呑んだ。

――これは手強《てごわ》いぞ。

「まずは某の道場にて、御休息なされませ」

栄三郎は、〝本日休講〟の手習い道場に、勘兵衛を案内した。

「いやいや、某のためにあれこれと御足労をおかけするわけには参りませぬ」

「御子息には日頃、世話になってござれば……」

栄三郎は、ここで町の子供に手習いを教え、時に大人達には剣術を教えている。自分が出稽古に行かねばならない時、大二郎が代わりに師匠を務めてくれていて大いに助かっていると、勘兵衛に伝えた。

本来、世話になっている新兵衛は、栄三郎も大二郎も馬鹿だと言って、あれから寄りついていない。

もとより、勘兵衛相手に嘘の芝居などできない新兵衛であったが。

「町の者達を相手に……。それはようござる。大二郎、しっかりとお手伝いをな」

小さな道場であるが、日頃の又平の手入れが功を奏したか、勘兵衛は〝手習い道場〟をすっかり気に入った様子だ。

久し振りの息子との再会であるというのに、先ほどから大二郎に厳しい目を向けていた、勘兵衛の顔がやっと綻《ほころ》んだ。

「武士として、人の役に少しは立っているようで、安堵《あんど》致したぞ」

その言葉に、ほっとしたか、大二郎は能弁になり、

「父上にお喜び頂き何よりのことにござりまする。いや真に、子達と成す一時は、この身が清められる心地が致しましてござりまする……」

と、神妙に頷いた。

――余計なことを言うな。

栄三郎が睨みつけるのを待たずに、勘兵衛は顔をしかめ、

「今のは芝居の台詞《せりふ》か……」

「あ、いえ、私はその……」

「だとしたら、下手で聞いておられぬ。声は腹から出せ！」

勘兵衛への受け答えを思い描き、稽古するうちに、つい芝居口調になってしまった大二郎であった。

黙っていろと目で合図をして、栄三郎は、頃合を見はからって、勘兵衛を次なる所へ連れていこうと、

「そういえば大二郎、深尾殿が、是非御父上にお目にかかり、道場を案内したいと申されていたのではなかったか」

と、切り出した。

「左様でござった。父上、如何《いかが》なさいます」

今度は大二郎、武士らしく応じた。

「深尾殿とは……」

「以前、岸裏先生が稽古に出られていた、永井様の用人を務めておられる御仁です」

「岸裏先生が旅に出られた後、時折、大二郎が、稽古に出ておりましてね」

「大二郎が出稽古に……。それは真か」

「はい父上。まあ、月に二度くらいですが」

「お前如きが、二度も呼んでもらえれば言うことはない。大二郎、少しは腕を上げたようだな」

「御屋敷には参られますか」

「もちろん、行かずばなるまい。いや、その前に、お前とひとつ立ち合うてみたいが……」

「それはまたになさりませ。深尾様がお待ちかね。今日は色々と忙しゅうございますぞ」

間髪入れずに栄三郎が言った。

次々と予定を組んだのは、父子の稽古ができぬようにするためである。

「左様でござるか。いや、老いぼれの立ち合いに付きあわせて、秋月殿のお手を煩わせてはなりませぬの」

勘兵衛は思いの外、あっさりと引き退がって頬笑んだ。

「何の、大二郎が叩き伏せられるのを見とうはござりませぬによって」

栄三郎は冗談めかして、頬笑みを返した。

しかし、その実、これが本音であった。

この父子――勘兵衛が老衰しない限り、大二郎に勝ち目はなかろう。

「私もお供致しましょう。永井様の御屋敷が懐かしゅうござります」

栄三郎は、道場で一旦、旅装を解くことを勧め、旅の荷物を又平に持たせ勘兵衛、大二郎父子と共に、本所石原町にある、永井勘解由屋敷へ向かった。

紀伊国《きのくに》橋の傍《そば》にある、この道場からはほど近い船宿〝亀《かめ》や〟で船を用意してあったのだが、船宿の前で折悪《おりあし》く、手習い子の竹造とすれ違った。

「やあ、栄さん、見ねえ顔だねえ、お仲間かい……」

竹造は大二郎を見て言った。

さらに、竹造が引き連れていた、太吉、三吉たち悪童が、「先生、先生……」と押し寄せてきた。

「こらこら、先生は今、あれこれ忙しいんだ。また、明日な……」

又平が、慌ててこれを追い払う。

「何故、今の子供は、大二郎のことを〝見ねえ顔〟だと……」

勘兵衛の目がギラリと光った。

「あの子は今、家の中に揉《も》め事を抱えておりまして、このところ、とんでもないことを言い出すのです……」

すぐに横から、栄三郎がしみじみと言った。

「それはいけませぬな。あの年頃は心が揺れ動くものじゃ」

「真に哀れなものです」

「はい。哀れでなりませぬ」

大二郎が同調した。

哀れと言われてしまった竹造の、屈託のない笑い声が後方で響いた。

「大二郎！」

勘兵衛の一喝に、ドキリとして、栄三郎、又平、大二郎は固まった。

「あの子のことは、しっかりと面倒を見てやるがよい」

「はい、父上……」

ほっとして、顔をひきつらせながら大二郎が畏《かしこ》まった。

虎の尾を踏む心地して――。

一行は船に乗った。

川を行くと、方々で両岸の桜が迫って来る。

「春の江戸は美しい……」

勘兵衛の表情は、その度に穏やかなものになる。

――少し角が取れたか。

大二郎は、剛直で知られた父に、初めて〝老い〟を見たような気がした。

その父を欺いている自分に腹が立った。

だが、己の道がこれと定まった時は、神仏でさえ斬り捨てて突き進む覚悟を決めねばならぬ――そう教えてくれたのも、この父である。

心で手を合わせつつ、大二郎は奥歯を嚙《か》みしめた。

栄三郎は、大二郎の表情に、彼の父への想いを受けとめた。

無責任ではあるが、今日一日、この父子の諍《いさか》いを見たくない。嘘をつき通さねば……。

永井家の屋敷に行けば、諸事﨟《ろう》たけた、深尾又五郎がいる。万事うまく立ち廻ってくれるであろう。

だが、こんな芝居を打つことが、この父子のためになるのだろうか。

いや、これは取次屋としての仕事なのだ――。

栄三郎の胸の内は、川を行く小船のように揺れ動くのであった。

四

「いやいや、実に嬉しい。嬉しゅうござるぞ。この日の本に、勘兵衛殿のような古兵《ふるつわもの》がいたとは……」

深尾又五郎は、感じ入った体で勘兵衛に酒を注《つ》いだ。

「ああ、これは忝《かたじけな》し。江戸へ来て、このような御厚情を賜《たまわ》るとは、これまで生きて参った甲斐がござった。どうか、倅《せがれ》の大二郎のことをよしなにお頼み申しまする……」

上機嫌の勘兵衛がこれを受けた。

その日も暮れた。

栄三郎の期待通り、深尾は勘兵衛を歓待し、巧みに邸内の道場を案内しつつ、大二郎を持ち上げてくれた。

これには、勘兵衛も疑念を抱く余地もなく、歳の近い深尾と、あれこれ世間話に華を咲かせた。

そして、最後の締めである、〝そめじ〟での宴《うたげ》となったのである。

「大の男が寄り集まって、何を馬鹿なことやっているんだい」

お染はそんな風に、呆《あき》れていたものの、勘兵衛の面構《つらがま》えと、子供への愛情に触れると、大二郎が真実を打ち明けるまで、多少の時が欲しいと思う気持ちがわからないでもなかった。

今はにこやかに、豆腐の餡掛《あんかけ》に大根おろしをのせ、七味唐がらしを振りかけた一品や、泥鰌《どじょう》鍋などを次々と運び、飾らない料理を好む勘兵衛を喜ばせている。

そのうちに、深尾が、

「ここは真に良い店でござるな。酒も料理もうまい上に、女将《おかみ》が垢抜《あかぬ》けていて何とも風情がある……」

などと言うものだから、お染はすっかり気分を良くして、少し掠《かす》れた声で浄瑠《じょうる》璃《り》など語り出したりして、ますます場は盛り上がった。

栄三郎、又平、そして大二郎に、安堵の表情が浮かんだ。

これで何とか乗り切られるであろう。

「ところで、此度《こたび》の御出府は、他に何か御用向きあってのことでございまするか」

栄三郎が尋ねた。

「用向きと申すほどのことではござらぬ」

勘兵衛は少し言い淀《よど》んで、

「随分と昔に世話になった知り人の法要がござってな。ついでに、長く顔を合わせておらなんだ方々に会っておこうかと。大二郎に会うたは、さらにそのついでということでしてのう」

それだけに、大二郎になどあまり構っておられないのだと勘兵衛は言う。

「これで大いに満足致した」

　やがて、一通り、飲み、食べ、歓待を受けた勘兵衛は、居住まいを正して、一同に向き直った。

「本日は、御一同の真に行き届いた御心遣い。礼の申し上げようもござらぬ。倅の大二郎がどれだけ秋月殿の御役に立っているのか、しっかりと、永井様の御屋敷で出稽古を務めているのかは、怪しいものでござるわ」

　一瞬、目に鋭さを放った勘兵衛に、その場の五人は、背筋に冷たいものを覚えた。

　しかし、勘兵衛はすぐに、この日一番の穏やかな表情となり、

「だが、とにもかくにも、倅は励んでいるようでござる。さもなくば、秋月殿や深尾殿が、老いぼれをこれほどまでにお構い下さるはずもない。晴れ晴れとした心地にて、十津川へ帰ることができまする」

　と、深々と頭を下げた。

「父上……」

　大二郎の目に涙が浮かんだ。

　その想いは、不肖《ふしょう》の息子を許してほしい。だが、必ず己の本懐をとげて、いつ

か得心させてみせると、詫《わ》びと決意が交錯《こうさく》しているようであった。

——出来の悪い息子ほど、気にかかる……。

勘兵衛の想いが、栄三郎には痛いほどに伝わり、胸を熱くした。

勘兵衛は、〝そめじ〟を辞した。

今日は、栄三郎の道場で父子共々、泊まっていくよう勧めたが、それも固辞し、

「大二郎、何がさて励めよ」

と、叱りつけるように言い残し、泊まる宿も告げず、唯《ただ》一人でその場を去った。

大二郎は、栄三郎達と表へ出て、北へと去り行く勘兵衛を見送り、その後姿に頭《こうべ》を垂れた。

やがて、勘兵衛の姿が、夜尚《なお》人通りの絶えない、日本橋の通りに呑みこまれると、今度は、栄三郎、又平、深尾、お染に振り向いて、

「ありがとうございました。恩に着ます……」

と、ぽろぽろと涙を流しながら礼を言った。

「何だいそれは、役者の空涙かい。ああ、まったく疲れたよ」

お染は、いつもの憎まれ口を叩くと、さっさと店へ戻って片付け始めた。湿っぽくなるのはどんな時も御免であるらしい。

栄三郎も同じで、

「おれの仕事はここまでだからな」

と、突き放すように言った。

それに救われたように、大二郎の顔に笑顔が戻った。

「月の替わりの芝居には是非お越し下さい。私も出ておりますので」

「牛の足じゃあ、誰だかわからねえよ」

栄三郎の言葉に一同は笑った。

「大二郎、今となっては、おれも深尾殿も、又平もお染も、お前の親父殿に嘘をついたことが何とも後味が悪い」

「わかっております。必ずやこの埋め合わせは……」

世情には明るいが、道場ではまったく頼りなかった大二郎に決意の表情が浮かんだ。

「それでは私もこれで……」

「ああ、太夫によろしく伝えてくれ」

「はい……」

大二郎も帰路についた。

「御用人、まったく下らぬことに付き合わせてしまいましたな」

栄三郎は、拒む深尾に、一両の礼金を無理からに握らせて、その恩に応えた。

「秋月殿には先だって、世話になったと申すに」

「いえ、あれもこれも仕事ですよ」

「左様か……」

深尾は、金子を押し戴《いただ》くと声を潜めて、

「久栄様は、奥向きの暮らしにも馴《な》れられて、穏やかに過ごしておられますぞ」

と、頰笑んだ。

栄三郎の胸に切ない想いがこみあげた。

今は萩江として、幸せな暮らしを送る久栄が、かつて〝おはつ〟という名で品川の妓楼《ぎろう》に出ていたことは知っていても、栄三郎がおはつと偶然にも一夜を馴染み、互いに惹かれ合った間であったことを深尾は知らぬ。

知られてはいけないことと、胸の内に秘めている栄三郎であった。

今日、永井屋敷を大二郎、勘兵衛に付いて訪ねた時も、広大な屋敷のその奥に、おはつがいるのだと思うと、どうも落ち着かなかった。

栄三郎の胸の内で、おはつが美しき思い出として昇華されるまで、まだ時が要るようである。


さて、色々複雑な思いを抱えたまま、帰路についた大二郎であったが――。

恐ろしい親父の恐怖から逃れられたものの、まだ役者として一歩も踏み出せていない自分への焦りが、こみあげてきていた。

子供の頃から手ほどきを受けた剣術さえ、ままならなかったのに、今頃からそれなりの役者に成ることが叶《かな》うものか。

――一にも二にも稽古しかない。

そして、一日も早くしかるべき役を貰って、その時こそ父に打ち明けて詫びねばなるまい。

そう思うと居ても立ってもいられぬ大二郎は、寄宿している本所・長建寺《ちょうけんじ》に戻っても落ち着かず、衣服も町人風に改めて、浅草へ向かった。

寺の内の、かつて寺男が住んでいた小屋を借り受けている大二郎は、役者への転身をまず寺の和尚に相談し、その励ましを貰っていた。

もし突然、勘兵衛が訪ねてきても、うまく立ち廻ってくれよう。

大松の小屋にそっと忍び込んで、一晩中でも稽古がしたい大二郎であった。

本所から吾妻《あずま》橋を渡ると、すぐに雷門がある。夜は随分と更《ふ》けてきたが、人通りはまだまだ賑やかである。それを奥山の方へ向かおうと、手前を右へ曲がり、寺院の間の細道を行くと、千鳥足で道行く二人の男に追いついた。

「まったく、直弥も馬鹿な野郎だぜ……」

「馬鹿も馬鹿、大馬鹿野郎だぜ」

「兼松の旦那の、せっかくの心尽くしをよう」

大二郎にとって、〝聞き捨てならない〟話をしているのは、蝮の甚六の乾分《こぶん》である。

大二郎は、そっと二人の後をついて歩いた。

甚六の乾分は、ずぶ八《はち》、桃助《ももすけ》という、どちらも品性のかけらもない破落戸である。

「あんなくされ役者が市村座の板に立てるってんだから結構な話じゃねえか」

桃助が言った。

河村直弥の人気に押され、客足を大松に奪われた兼松の小屋主は、あれこれ手を廻して、直弥を市村座に引き抜かそうとした。

宮地芝居の役者が〝三座〟の舞台に出るなど、考えられない話である。どんなに小芝居で人気をとっている役者でも、三座の役者とは、百姓と大名くらいの差があるのだ。

当然、直弥はこの話を受けると思ったが、直弥は、自分を育ててくれた、座頭・河村直三郎《なおさぶろう》の恩を忘れず、

「私には畏れ多いことでございます」

と、これをきっぱりと断わったのだ。

大二郎はそういう直弥の人柄にも惚《ほ》れ込んでいる。

「あの野郎、どうあっても奥山に居座って、兼松の邪魔をするらしいぜ」

ずぶ八が声に〝どす〟を利かせた。

「兄弟、ここはひとつ、おれ達で手柄を立てるか」

「手柄だと。って、ことは、ずぶ八……」

「おうよ。あの野郎を二度と人前に出られねえようにしてやるのよ」

「そいつはいいや。あの生意気なでこ助の、腕の一本、へし折ってやるか」

桃助がこれにのった。

「腕の一本……。いや、いっそのこと……」

ずぶ八の言葉に、大二郎の我慢が切れた。

「いっそのこと、どうしようと言うのだ」

相手にするなと言われながら、気がつくと二人を呼び止めていた。

師匠を〝でこ助〟呼ばわりされた上に、危害を加えると言われては黙っていられない。

ずぶ八と桃助は、いきなり呼び止められ、はっとたじろぎ振り返ったが、

「なんでえ、お前は大松の雑魚《ざこ》役者かい」

色白で痩身の大二郎を見て、ずぶ八は嘲笑《あざわら》った。

「答えろ、いっそのことお師匠様をどうするというんだ」

「それを聞いて、お前はどうするつもりだ」

桃助がからかうように言った。

「その言葉次第によっては、ただではおかぬぞ」

「こいつはおもしれえや」

ずぶ八と桃助は哄笑した。

「桃助、野郎、武士になった気分のようだぜ。おう、雑魚に用はねえんだ。怪我《けが》

しねえうちにとっとと帰んな」

雑魚と呼ばれて、大二郎の頭に血が上った。岸裏道場においては出来の悪い弟子であったが、こんな酔態の破落戸の二人、何も恐くはない。

「この場で誓え。大松には二度と手出しはしないとな」

「やかましいやい！　調子に乗りりゃあがって、そんなに殴られたけりゃあ、思い通りにしてやらあ。だがよう、こいつは芝居のようにはいかねえぞ！」

言うや、ずぶ八が殴りかかってきた。

大二郎は、素早く右に回り込み、肩口を両手で突いた。ずぶ八は踏み込んだ勢いに加速して、傍らの塀に自ら頭を打ちつけ、その場に倒れこんだ。

「野郎！」

今度は慌てた桃助が殴りかかってくる。

大二郎、かわさず逆に懐に入りこみ、振り回す桃助の右の二の腕を左手で掴《つか》み、そのまま顔面に頭突きを喰わせた。

桃助は呆気《あっけ》なく崩れ落ちた。

大二郎は、やっとのことで起き上がるずぶ八の腹を蹴り上げて、二人を見下ろした。

「いいか、二度と大松の小屋に近付くな。おれは、あの小屋にこれからの命をかけているんだ。お前らなんぞに邪魔をされてたまるか。わかったか！」

大二郎の一喝に、ずぶ八と桃助は、

「わ、わかった……」

呻《うめ》きつつ、頷いた。

大二郎は足早にその場を立ち去った。

師匠の言い付けに反して、喧嘩《けんか》をしてしまったことに胸が痛んだが、あれを見過ごしにできはしない。

それに、やり合ってわかった。処の破落戸などというものは存外に弱い奴らで、相手に思わぬ反撃をくらうと、たちまち力が萎《な》えてしまう。

「恐れることはない……」

岸裏道場で経験した猛稽古を思うと、どんな苦難にも耐えられよう。

取るに足りない、その他大勢の役者の一人ではあるが、

「いつか見ていろ……」

大二郎に、剣術の稽古では見せたことのない、気力が充《み》ちていた。

五

「まったく、お染は何をしているんでしょうねえ」

「せっかくの芝居見物だ。何を着て行こうか迷っているのだろうよ」

「どんな恰好《かっこう》をしようが、一言喋《しゃべ》りゃあ、御里が知れるってものでさあ」

「又平、お前はそんなことを言うから、お染に嫌われるのさ」

栄三郎と又平は船宿〝亀や〟で、お染を待っている。

月が替わり、大松の芝居が初日を迎え、河村直弥の招きで、栄三郎は、又平、お染と共に出かけることとなったのだ。

あれから、数日。大二郎は芝居の稽古に打ち込み、少しでも、河村文弥として人に名を覚えてもらおうと励んできた。

栄三郎の道場にも、礼を言いがてら、師匠の招きを伝えに来た。

どうやら勘兵衛も所用を済ませ帰ったようだし、蝮の甚六の嫌がらせもこのところは見られず、大二郎の表情は晴れ晴れとしていた。

「河村直弥の芝居を見るのも楽しみだが、お前がどこに出ているか探すのもおもしろそうだ」

と、笑う栄三郎を、大二郎は楽しそうに見ていたが、

「松田さんにも見てほしいものです」

と、新兵衛を気遣った。

「あの石頭も、そのうち芝居のおもしろさに気付くはずだよ」

栄三郎は、今日の芝居見物のことは、新兵衛に内緒にしていた。

栄三郎は、剣客として苗字帯刀《みょうじたいとう》を咎《とが》められることはないが、正式な士分ではない。

それ故、別段芝居を見ることに問題はないはずであるが、今日は着流しに、脇差のみを帯びた微行《びこう》姿で、友の苦言に応えた。

「栄三さん、何してんだい。早く船にお乗りよ……」

ふと気がつくと、いつの間にか現れたお染にせきたてられていた。

「何を言いやがる。お前を待っていたんだよ」

と、栄三郎はお染を見て一瞬はっとした。滝縞模様の着物に、少し幅広の帯を締めた姿は、何とも言えぬ艶《あで》やかな風情で、家を出るのに手間取った〝成果〟を表していた。

お染嫌いの又平も思わず黙った。

栄三郎は、つくづくと眺めて、

「お染、見違えて、誰だかわからなかったぜ」

「ふざけたことをお言いでないよ。さあ、早く船着場にお行きな」

あれこれ冷やかされる間を与えたくない故の追い立てなのであろう。

それが、お染という女を一層愛らしくしていることに、お染自身は気づいていない。

〝亀や〟から船に乗り、三人は浅草奥山へ。

今日もまた、快晴の空の下、船は大川を上り、駒形堂《こまがたどう》近くの河岸に着いた。

そこには浅草寺の総門があり、栄三郎は、すっかり物見遊山《ゆさん》のお染と又平を連れて、これを潜《くぐ》り、本堂を参拝して奥山へと足を踏み入れた。

大松の表は、初日とあって見物人で賑わっていた。

「こういうのを見ると、昔が思い出されていけねえや」

子供の頃は、軽業芸人に育てられ、見世物小屋で過ごした又平は、この男には珍しく、しみじみと物思いに耽《ふけ》っている。

「今の暮らしが悪くなきゃあ、昔のことは何だって思い出さ」

「へい、そうでやすねえ。お蔭で身に覚えた軽業も、雨漏りの時は役に立つってもんでさあ」

笑い合う栄三郎と又平を横目で見て、

「はいはい、早く中へ入るよ」

お染は二人を木戸口へ追い立てた。

直弥の心遣いで、三人はなかなか好《い》い席に通された。〝下座〟が入り、幕開きへの期待に胸が高まる。

このまま、今日一日、楽しい芝居見物となるはずの三人であったのだが——。

「ちょいと、あの人を御覧な……」

お染が目を丸くして、栄三郎の袖を引いた。

「あの人……。誰のことだい。まったくお前は落ち着かねえな……」

と、お染の見る方に目を向けた栄三郎の目も、お染に劣らず丸くなった。

土間の左後方に十徳《じっとく》を羽織った、医師か学者風の老人が座っている。

「勘兵衛殿だ……！」

「何ですって？」

又平は驚いて、栄三郎とお染の目の先を確かめる——間違いなく、岩石勘兵衛その人である。

　三人はその場に固まった。

「栄三さん、どうするんだい。勘兵衛さん、きっと勘付いたんだよ。それで、この目で確かめようとして……」

「恐らくそうだろうな」

「あっしには、悟られた風には見えませんでしたけどねえ」

「あの大二郎って兄さん、どこかで見られたんだよ。頼りなさそうな男だったからねえ」

「とにかく、このままじゃあ、取次屋の名折れだ。何とかしねえとな」

　今しも幕が開こうとしていた。三人は勘兵衛に見つからぬように前を向きながら、

「又平、一番目は何だ」

「まずは〝車引《くるまびき》〟ですぜ」

「河村文弥は出ているんじゃないのかい」

「大丈夫だお染。出てはいるが、奴は牛の足だから顔は見えねえ」

「そりゃあ、よかったねえ」

「次は何だ……」

「〝すしや〟でさあ」

「そいつはいけねえ……」

この月の興行は〝見取り〟で、一番目が、〝菅原伝授手習鑑《すがわらでんじゅてならいかがみ》・車引〟。中幕が〝義経千本桜・三段目〟で、上方の出である座頭・河村直三郎が〝いがみの権太《ごんた》〟を、権太に金を騙《だま》し取られ、遂には追手に囲まれ非業《ひごう》の最期をとげる、平家《へいけ》の侍〝主馬小金吾《しゅめのこきんご》〟を直弥が勤めることになっていた。

その、〝小金吾討死〟の立廻りに、大二郎は河村文弥として出るのだ。剣術修行をしていただけに、大二郎の立廻りへの意欲は並々ならぬものがあり、

「是非とも、これを楽しみにしていて下さい」

と、大二郎は栄三郎に言っていたものだ。

とにかく、大二郎は客にその顔を晒《さら》すことになる。

「又平、お前、〝車引〟が終わったら楽屋へ行って、親父殿が来ていることを伝えてくれ」

「合点承知……」

又平が大きく頷くや幕は開いた。

舞台は、梅の釣枝が美しい、吉田《よしだ》神社の社頭。義太夫にのせて、華やかな衣装に身を包んだ、直弥扮する桜丸の登場に、客はどっと湧いたが、栄三郎、お染、又平は芝居どころではない。

やがて、藤原時平《ふじわらのしへい》の牛車《ぎつしや》が出て来る。

その牛の足こそ大二郎のもの——。

「ややッ！　あれは……」

牛の張子の中の大二郎、思わず唸《うな》った。客席に目を遣《や》ると、勘兵衛らしき人の姿があるではないか……。

「親父殿ではないか……」

客席の栄三郎、又平、お染には、大二郎が勘兵衛に気づいたかどうかはわからないが、牛がおかしな動きをしたように見えた。

舞台は、御所車の中から現れた時平と、松王丸、梅王丸、桜丸それぞれの決まりとなって盛り上がりを見せ、終幕した。

「では行って参りやす」

又平が、勘兵衛に気付かれぬように、そっと楽屋へ向かった。

栄三郎とお染は幕間《まくあい》の中、ちらりちらりと勘兵衛を覗き見た。

それほど、厳しい顔をしているようには思えなかった。むしろ芝居を楽しんでいるようにさえ思える。

だが、大二郎らしき男が芝居小屋に入るのを見かけて、まさか倅ではと思い木戸を潜ったものの、自分の思い過ごしに違いないと判断して、にこやかなのかもしれない。

「次が始まるとどうなるか……」

「まさか、芝居の最中、舞台から引きずり下ろしたりはしないだろう」

「そうならねえことを祈るぜ」

すぐに、又平が楽屋から戻ってきた。

「大二郎さんに会って来ましたぜ」

「奴はうろたえていたかい」

「ええ、そりゃあもう。牛の中から見えたそうで」

「ああ、それで牛の動きがおかしかったんだ」

お染が笑った。

「笑いごとじゃねえよ」

次の出番を誰かに替わってもらうとか、化粧を工夫して大二郎とわからなくするとか、何か用意はできているのか。栄三郎に言われた通り、大二郎に告げたところ――。

「大二郎さんは、何の小細工もせずに、直弥さんに教えられた通りに出ると……」

「あいつが、そう言ったのか」

「へい。たとえ斬られ役でも、きっちりと勤めたい。それで親父さんに殺されても本望だってねえ」

　大二郎はきっぱりと覚悟を決めたと言う。

「いいところがあるじゃないか」

　お染は膝を打った。

「栄三さん、こうなりゃ死に水をとっておやりよ」

「縁起でもねえことを言うな」

「旦那、いってえどうなるんでしょうね」

　老いたとはいえ、前に江戸へ来た時、道端にたむろする勇み肌の若い衆五人を、通行の邪魔だと一瞬にしてけ散らした勘兵衛である。

「まあ、手前の倅を殺しはしねえだろうが……」

「あっしらも嘘をついちまったんですぜ、とっとここを逃げた方が……」

「いや、あの大二郎が腹を据えたんだ。せめて一緒に謝ってやろう」

「そうだねえ……」

お染、又平は頷いた。

そして、中幕となった――。

〝義経千本桜・三段目〟まずは、〝木の実の段〟――。

夫・平惟盛《これもり》の行方を追って、大和路に、若葉《わかば》の内侍《ないし》とその子六代君《ろくだい》がやって来る。母子に仕える忠義の士・主馬小金吾を演ずる、河村直弥が美しい。

この一行に難癖をつけて路銀をまきあげる、河村直三郎の、いがみの権太との絡みには、思わず、大二郎のことを忘れ、見惚《みと》れてしまう、栄三郎、又平、お染であった。

我に返り、勘兵衛の様子をそっと窺うと、勘兵衛は微動だにせず舞台を凝視している。

何一つ見逃すまいという気迫がそこから漂っているのが恐ろしい。

そのうちに――いよいよ、〝小金吾討死の段〟となった。

若葉の内侍一行は、遂に捕り手に追いつかれる。この捕り手に、並々ならぬ決意を秘めた、河村文弥こと大二郎がいた。

――かくなる上は、父に気付かれるくらいの芝居をせねば、役者の名折れ。

又平の注進は己の胸の内一つに収めて、大二郎は舞台に出た。

「大二郎の奴、いい顔をしてやがるぜ……」

栄三郎が呟《つぶや》いた――。

「む、む、あれはまさか、倅の大二郎……」

勘兵衛もまた、客席で唸り声をあげた。

と、その時であった――。

「あの野郎だ、あの野郎だ、おれ達をひでえ目に遭わせやがったのは」

と、叫びながら、ぞろぞろと処の破落戸達が、小屋の内に乱入してきた。

「河村文弥、出て来やがれ！　この侍崩れめ、この前の借りは返すぜ！」

叫んでいるのは、あの日、大二郎に叩き伏せられた、ずぶ八と桃助である。

その横には、破落戸の頭目、蝮の甚六が薄ら笑いを浮かべている。

小屋は騒然とした。

これでは芝居どころではない。

乾分から事情を聞いた甚六は、河村文弥を調べあげ、この機会を待っていたのだ。

思わず舞台前に進み出た大二郎に、その場にいる者の目が、一斉に注がれた。

「これですっかり台無しだ……」

栄三郎は溜息をついた。

「お師匠様、申し訳ございません……」

大二郎は直弥に詫びると、客席に平伏して――、

「いずれも様におかれましては、芝居半ばにしてこの騒動、真に申し訳ござりませぬ。あの者共は、この大松の小屋に日頃嫌がらせを仕掛ける破落戸にて、先だって私のお師匠に害を成すと話すを聞き、捨ておけぬと懲《こ》らしめたところ、その遺恨《いこん》をもって本日の仕儀に及びし様子。私一人の責めにて、この場のことはこの場限り。引き続きまして〝小金吾討死〟の場、何卒《なにとぞ》、御高覧下さりますよう、伏してお願い申し上げまする」

と、一気に口上を述べて勘兵衛を見つめた。勘兵衛は何も言わぬ。

だが、客席からは、万雷の喝采《かっさい》が起こった。

「さあ、好きにしろ」

大二郎は舞台を降りた。

「文弥、お前を一人行かしませんよ」

直弥がそれを止めた。

「お師匠様……」

大二郎の目に無念の涙があふれた。

「よく泣く男だね。何とかしておやりよ」

「今それを考えているんだよ」

栄三郎は、お染に尻を叩かれて、甚六達を見廻した。

乾分と助っ人は十人を下らない。

「しゃらくせえや！」

甚六が凄《すご》んだ。客達は途端、沈黙した。

処の顔役というだけのことはある。錆《さ》びた声は人を脅かすに充分だ。

「うちの若え者をかわいがってくれた礼は、この場でたっぷりしてやるぜ。おう、やっちまえ！」

と、言うや、その声をかき消すかの大音声《だいおんじょう》が小屋の内に響いた。

「外へ出ろ！」

立ち上がって破落戸共を睨みつけたのは勘兵衛であった。

「この場は芝居を見せる所だ。喧嘩ならこのわしが引き受けよう。表へ出ろ」

「やい、老いぼれ、手前があの野郎の替わりにやるってえのか」

甚六は、勘兵衛を睨みつけた。

勘兵衛は、口許に笑みを湛《たた》えると、つかつかと、甚六達の方へ歩み寄って、

「仕方あるまい。あれはわしの倅でのう」

と、言って、今度は豪快に笑った。

直弥をはじめ、舞台上の役者達は一様に息を呑んだ。

「この爺《じじ》ィが！」

ずぶ八が勘兵衛に摑みかかった。

勘兵衛はその手を捻《ね》じあげると、傍らの柱にずぶ八を叩きつけた。ずぶ八は、先日、大二郎にぶつけられた頭をまたも打ちつけ、昏倒《こんとう》した。

「父上！」

大二郎が勘兵衛の下へ駆ける。

「馬鹿者！　役者の力なぞ借りぬわ！　引っこんでおれ！」

勘兵衛は大二郎を一喝すると、

「さあ、表へ出ろと申すに！」

と、桃助に鉄拳を食らわせた。

「爺ィを叩っ殺せ！」

甚六の合図に、乾分達は表へ出て、小屋の外で勘兵衛を取り囲んだ。皆、手には得物《えもの》を持っている。

勘兵衛の背後の一人が、匕首《あいくち》を抜いて襲いかかろうとしたが、途端に、

「うむっ……」

と、もんどりうって倒れた。

栄三郎が、脇差を抜き放ち、これを峰に返して叩きつけたのである。

「助太刀致します」

「おお、これは秋月殿か、忝《かたじけな》い」

と、栄三郎が左にいると知るや、右手を騒がす乾分共に、腰の脇差を抜いて斬りかかった。

「ぎゃッ」

たちまち、肩と足を斬られた二人が、己の血を見て叫び声をあげた。

これに呼応して、栄三郎は左の一人の脳天を刀の峰で打ち据える。

これも頭を割られ、流れ出る血に腰を抜かさんばかりに喚《わめ》いた。

「情けない奴らじゃ。この次は急所を斬るぞ！」

勘兵衛は左手を腰に当て、右手に持った脇差を相手の目線に差し出す、見事なる小太刀の構え。

栄三郎もこれに倣《なら》い、今度は刃先を下に向け、次は斬るぞと甚六を睨みつけた。

「あ、あわわ……」

甚六が怯《ひる》んだ。

命知らずの破落戸などという輩ほど、命の危機にさらされると意気地のないものだ。

「えいッ！」

勘兵衛の骨身に響く一声で、乾分共は逃げ出した。

「おい、待たねえか……」

甚六は自らも駆け出した。

それを、一段高くなった木戸番の台の上から、手頃な棒を手にした又平が見ていた。

「又公、やっちまいな！」

下から鉄火な声をあげたのはお染である。

又平、軽業仕込の跳躍で、見事に台から、甚六の頭上に飛び下りて棒の一撃。

「うむ……」

甚六、堪《たま》らずその場に屈《かが》み込んだ。

「これは又平殿、見事なものじゃ。おお、先だっての女将も一緒であったか」

勘兵衛に声をかけられ、又平、お染は、少し決まり悪そうに頰笑んで頭を下げた。

勘兵衛は甚六の前に立ち、

「わしは大和は十津川に住む、岩石勘兵衛と申す者じゃ。今日の仕返しがしたくば、いつでも訪ねて来い。だが申しておくぞ。お前達が百人攻め上ったとしても、十津川村はびくともせぬわ。わかったか!」

「おみそれ致しやした……」

甚六は頭を垂れた。

そこへ、見物人から再び歓声が起こった。

大二郎が勘兵衛の前で手をついた。

「父上……。此度のこと、どうかお許し下さりませ……」

勘兵衛はじっと己《おの》が息子を睨みつけると——。

「こんなことだろうと思うていた。大二郎!」

「ははッ……」

「今日を限り親子の縁を切る」

「父上……」

大二郎はがっくりとうなだれた。

「縁を切れば、お前もただの町の者。芝居がしたくば好きにせい」

大二郎は、勘兵衛の顔を見上げた。

厳しく言い放ったものの、その目は、幼い頃、兄に剣術の稽古で叩き伏せられ泣いていた自分を、

「仕方のない奴だ……」

と、抱き上げてくれた、あの日の優しい父のものであった。

「だが、何事も芸の道は厳しいぞ」

「父上……」

またも、大二郎の目から涙があふれた。

「仕方のない奴だ……」

勘兵衛は一瞬、にこりと笑った後、

「大二郎！」

「はい！」

「何をしておる。小屋へ戻って芝居の続きを致さぬか」

「いや、しかし……」

「わしの喧嘩は、わしが始末をつけるわい。すぐに戻れ、戻らぬか」

「はッ……」

大二郎は小屋へ戻った。

小屋の前で、直弥と座頭の直三郎が、勘兵衛に深々と頭を下げて、やがて外へと出て来た客達を小屋の中へ誘《いざな》った。

その時である——。

「甚六、神妙に縛《ばく》につけ！」

と、町方同心の前原弥十郎が、捕手を率いてやって来た。

「前原の旦那じゃありませんか」

今頃、何をしに来たのかと、お染が怪訝《けげん》な目を向けた。

「何だ、〝そめじ〟の女将かい。あれ、手習いの先生も一緒かい」

「ここは寺社方の縄張りじゃあなかったんですか」

「何言ってやがんでえ。しかるべき手続きをすりゃあ、町方だって寺の中で捕り物はできるのよ。まったくそんなことも知らねえで、よく手習いの師匠が務まるな。いいか、子供ってものはなあ……」

「旦那、そんなことより早くお縄にしたらどうです」

「そうだな……。ところでこいつら、いってえ誰にやられたんだ……」

六

翌朝——芝口《しばぐち》橋に、勘兵衛を見送る栄三郎の姿があった。

あれから、栄三郎と勘兵衛は、大松の小屋主と共に、大番屋へ出頭し、大松での騒動を伝えた。

栄三郎に言われるまでもなく、蝮の甚六については、前原弥十郎も、その非道ぶりに目をつけていた。しかし、このところは、兼松の小屋主の方から、大松への嫌がらせを頼まれていた甚六は、奥山に入り浸っていたし、宮地芝居は寺社奉行支配であり、兼松から寺社方の役人に鼻薬がきいていたことから、なかなか捕縛に踏みきれなかった。

　それが、先日、甚六は盛り場で若い町医者に難癖をつけて金を強請《ゆす》りとった。

その町医者はあろうことか、弥十郎が勤める南町の奉行・根岸《ねぎし》肥前守《ひぜんのかみ》縁《ゆかり》の者で、これを聞いた肥前守が寺社方に談じこみ、今日の出役となったそうだ。

「まあ、とにかく、こっちの手間が省けたってもんだ。助かったよ……」

　弥十郎は、近いうちに、兼松も取り調べを受けることになるだろうと言って、すぐに二人を解き放ったのであった。

「勘兵衛さん、余計なことをしてしまいました。許して下さい」

「いやいや、あの頼りない大二郎に、これほど親身になってくれる御人がいることを知って、大いに安堵致しましたわ」

　頭を下げる栄三郎に、勘兵衛は愉快に笑って見せた。

「とは言え、嘘をつく片棒を担いでしまって」

「何の、嘘ならこの勘兵衛もつき申した」

「どういうことです？」

　勘兵衛はひとつ息を呑んで、

「秋月殿も大二郎も、某が倅の隠し事に気付き、それを確かめんと、奥山の芝居小屋に入ったと思うているようじゃな」

「そうではなかったのですか」

「そのように装うたが、その実、某はまさか倅が役者になっていようとは思うてもみなんだのじゃ」

「では、勘兵衛さんは、ただ芝居を見ようとして……」

勘兵衛は少し首をすくめて、

「某は芝居が好きでな。河村直弥の評判を聞いて、いそいそと出かけたのでござるよ」

栄三郎の顔に笑みがこぼれた。

「そうだったのですか。では、河村文弥を見た時はさぞかし驚かれたでしょうな」

「長い間生きてきて、これほど慌てたことはござらぬ」

若い頃、剣術修行に、京、大坂に出た勘兵衛は、誘われるがままに入った宮地芝居に、すっかり心を奪われて、その後密かに芝居小屋に通うようになったと言う。

「だが、芝居に現《うつつ》を抜かす腰抜けとは、思われとうはない……」

武芸の腕を上げるほど、この秘密は守らねばならぬものとなったのだ。

「大二郎の芝居好きは、父に似たのじゃな。総じて子は、親の悪いところばかりが似るものでな」

「耳の痛い話です」

「秋月殿には兄弟がおありか」

「はい、兄が一人いて、大坂にいる父の跡を継いでおります」

「それは何より。子は二人成しておくべきじゃ。我が家も上の倅が家を継ぎ、下の倅が、好きな芝居の道へ行く。楽しみが広がるというものでござるわ」

「大二郎のためとは言え、勘当したのは惜《お》しゅうございましたな」

「何の、父子の縁が切れることはない。また、江戸に出る日が楽しみというもの」

「この度の御出府も芝居を見るために……」

勘兵衛はにこやかに頷いて、

「どうか御内聞に。この後も倅のことを何卒よしなに」

と、謝礼の金子を栄三郎に手渡した。

「こんなことをしてもらっては……」

「ほんの気持ちでござるよ。体はまた、迷惑をかけましょうほどに。いや、某も秋月殿のように、肩の力を抜いて生きられたらよかったものを」

有無を言わさず金子を収めさせると、勘兵衛はしみじみと栄三郎に言った。

「では、御免」

深々と一礼する栄三郎に見送られて、やがて、勘兵衛は旅立っていった。

その物腰は、剛直なる十津川郷士の姿に戻っている。

「親というものは、ありがたいものじゃ」

大坂にいる父・正兵衛に想いを馳《は》せ、栄三郎は独《ひと》り言《ご》ちた。

ふっと振り返ると、遠く橋の上で去り行く勘兵衛を見送る、大二郎の姿が見られた。

栄三郎は、勘兵衛の秘密を、そっと大二郎に知らせようか、このまま暫《しばら》く自分の胸に収めておこうか、ただただ迷うのであった。

川岸の桜が花を散らす。

江戸はすっかりと温かくなっていた。

第四話

果たし合い

一

ここ数日、汗ばむ陽気が続いている。

ほととぎすは、街路樹の上からけたたましく鳴き、その下を通り行く人々は、

「おう、初がつおは食ったかい」

「あたぼうよ。そう言うお前はどうなんだい」

「食わねえはずがねえだろう。こう、分厚く切ったやつを大根《だいこん》おろしで頂いちまったよ」

「大根おろしだと。かつおは、からし味噌《みそ》に限らあ……」

などと、他愛もない話を交わしながら、ぞろぞろと灌仏会《かんぶつえ》に出かけている。

この日は釈尊《しゃくそん》が生まれた日で、各地でそれを祝う法会が開かれていた。

蔵前《くらまえ》の閻魔堂《えんまどう》にも、多くの参拝客が集まっている。

その人込みの中に、松田新兵衛の姿があった。

このところ、出稽古に赴いている、浅草田原町にある、木田《きだ》道場からの帰り道であった。

浮かれ気分の人々の中にあって、道を歩く時もまた修行と、その足取りは些《いささ》かの乱れもなく腰が入ったものである。

折角である。参詣して行こうと、境内《けいだい》に足を踏み入れた時――。

「痛ェ！　痛ェじゃねえか。何しやがるんだ」

「おい、ヨシ公、大丈夫か」

「おう！　どうしてくれるんだ、娘さんよ……」

と、大仰《おおぎょう》に騒ぎたてる男達の声が聞こえてきた。

見れば遊び人風の男三人が町娘に絡んでいる。

娘は、富裕な商家の子女のようで、若い女中と手代を伴っている。参詣に来たところ、

「足を踏んだ」

と、因縁《いんねん》をつけられたのであろう。

男達が、金持ちの娘と見て、金銭を脅しとろうとしているのは明らかであるが、周囲の者は皆、助け船を出せないでいる。

足を踏まれたと踞《うずくま》る、ヨシ公なる男の向こうにも、図体のでかい仲間が二人、周囲を威圧するように立っているのだ。

「私が足を踏んだ？　言いがかりはよしなさい！」

だが娘は、五人の男を前にしても、怖《お》じず恐れず、形の良い、黒目がちな目でこれを睨《にら》みつけた。

「お嬢さま……」

供の手代は娘を宥《なだ》めて、金で済ましましょうと目で合図を送るが、娘は引かない。

「こんな汚らしい人達に、お金を払う謂《いわ》れはありません」

「何だと、このアマ！」

これには遊び人も色めき立ち、一人が娘の肩を突き、止めに入った手代を殴りとばした。

「ちょいと顔を貸してもらおうか」

さらに娘の腕を取ろうとしたが、その手を逆に何者かに捻《ね》じ上げられた。

堪《たま》らず、新兵衛が割って入ったのだ。

「な、何をしやがる……」

「法会の場で、恥を知れ」

新兵衛は手を離すと、一人の首筋に手刀をくれた。

「うッ……」

その遊び人がヘナヘナと倒れた時には、もう一人も、新兵衛に頬げたを張られ、二間ほど、飛ばされていた。

「この三一《さんぴん》が！」

慌てて図体のでかいのが、遮二無二《しやにむに》、新兵衛に向かって突進するが、どこをどうされたものか、その体は空中に投げ出され、もう一人のでかい奴《やつ》にぶつかった。

娘をはじめ、その場にいた者は皆、新兵衛の鮮やかな手練に目を見張った。

「覚えてやがれ……」

の捨て台詞《ぜりふ》もまともに言葉とならず、遊び人達は、散り散りに逃げ去った。

その先頭を切って立ち上がったのは、他ならぬ、足を踏まれたと踞っていたヨシ公であった。

「ふざけるな！」

そのヨシ公の頭を、己《おの》が草履で、〝加賀見山《かがみやま》〟の岩藤《いわふじ》の如《ごと》く打ち据えたのは、絡まれていた娘であった。

「これは、お見事……」

思わず笑みがこぼれた新兵衛を見て、娘は恥ずかしそうに笑みを返すと、

「危ないところをありがとうございました……」

手代、女中を従えて深々と頭を下げた。

「礼には及ばぬ。お気をつけられよ」

「あの、もし、せめてお名前を……」

娘が切ない目を新兵衛に向けた時、新兵衛のにこやかな顔が一変して、厳しいものとなった。

新兵衛、自分を見つめる一人の武士の姿に気付いたのだ。

歳《とし》の頃は二十五、六。旅の武芸者風で、砂埃《すなぼこり》にまみれた袴《はかま》は、今、廻国《かいこく》修行を経て、江戸に到着したという風情を漂わせている。

「松田新兵衛殿……。盛田源吾《もりたげんご》でござる」

旅の武士は静かに、新兵衛に言った。

「覚えている……。立派になられたな」

二人は、いずれが切り出すでもなく、やがて肩を並べて歩き出した。

両者の間には、えも言われぬ緊迫した〝気〟が充《み》ちていて、娘は声をかけられず、すっかり元に戻った参詣人の人波の中で、ただ立ち尽くすしかなかった。

二

手習い道場は、子供達の笑いで包まれた。

栄三郎が、一休《いっきゅう》禅師の頓知《とんち》話をおもしろおかしく、子供達に聞かせている。

時には「史記《しき》」などをわかりやすく物語ることもあるが、手習い子達は、栄三郎が昔話を適当に脚色して話すのがお気に入りのようだ。

「いいか、一休禅師は偉いお方だ。だが言っておくぞ、〝この橋渡るべからず〟と立札がしてあったとて、間違っても〝真ん中〟を渡るな。普請の人に見つかったら、殴られるだけだ……。よし、今日はこれまでとしよう」

子供達は歓声をあげると、散り散りに帰っていった。

ほっと一息ついたところへ、大家の善兵衛《ぜんべえ》が訪ねて来た。

「お邪魔をしてよろしいですかな」

「これは大家さん。見ての通り、手習いも終わりました。ゆっくりしていって下さい」

「子供達は楽しそうで、何よりでございますな」

善兵衛は、その名通りの人の善さそうな笑顔を向けた。

善兵衛は、裏の長屋に加えて、この道場の家守《やもり》を兼ねている。

「店賃は、先日、又平に持たせたと思うのですが……」

その又平は、今、以前世話になった、口入屋から、人手が足りなくなったので手伝ってほしいと頼まれ、臨時雇いの中間《ちゆうげん》奉公に出ている。

取次の仕事がない時は、こうやって、自分の家賃分くらいは稼ぎに出るのだが、又平がいないとどうも不便だ。

「いやいや、店賃のことではないのですよ。先生にお尋ねしたいことがありまして」

「私で役に立つことなら何なりと」

「実は、〝田辺屋《たなべや》〟の旦那様が、あるお武家様を捜しておいでてしてねえ」

「田辺屋……。ああ、地主さんか」

田辺屋というのは、日本橋呉服《ごふく》町に店を構える呉服商で、主《あるじ》・宗右衛門《そうえもん》は分限者《ぶげんしや》として知られ、この道場と裏手の善兵衛長屋の地主であった。

善兵衛は、この、田辺屋宗右衛門から、大家として差配を任されているのである。

栄三郎の脳裏に恰幅《かっぷく》が良く、押し出しのいい宗右衛門の姿が浮かんだ。

二年前、以前この屋で手習い師匠を務めていた宮川九郎兵衛に連れられ、引き継ぎの挨拶に出向いて以来、宗右衛門とは滅多《めった》に顔を合わせることはなかった。

栄三郎は、この地主がどうも苦手であった。

宮川九郎兵衛は、宗右衛門の末娘の手習い師匠として田辺屋に赴いていた。その九郎兵衛の人品を見込んだ宗右衛門は、娘が成長した後に、所有する水谷町の表長屋を改築し、これを手習い所として九郎兵衛を迎えたのだ。

土地の人のためになればと願い、店賃も形ばかりのものとし、並々ならぬ想いをこめた、この手習い所に、自分のような不真面目極まりない男が住みついていてよいものだろうか――。

それが負い目となっているのだ。

「御子息の仕官が叶《かな》い、お勤めになられる土地へ、宮川先生が、御一緒にお行きになる……。真《まこと》におめでたいことにございますな。秋月先生、これからはよろしくお願い致します……」

にこやかに栄三郎を迎えたものの、宗右衛門には、明らかに栄三郎への期待よりも、九郎兵衛を失う落胆の方が大きかったと思われた。

実際、栄三郎が師匠になってからしばらくは、朝、寝過ごして開講が遅れたり、気儘《きまま》に休講にしたりと、いい加減な若い師匠に嫌気がさして、五十人ばかりいた手習い子が三十人くらいに減ったりもした。

親達の出費を楽にしてやろうと始めた取次屋も、師匠にあるまじき行いと、宗右衛門は快く思っていないと聞いたこともある。

「宮川先生ほどの人が、見込んだ秋月先生のこと。きっと良いお師匠なのでしょう」

大家の善兵衛は、長屋の連中からは愛されている栄三郎を、そのように庇《かば》ってくれているそうな。

「地主さんからの話となれば捨ておけぬ。大家さんの面目が立つように致しましょう」

栄三郎は、点数を稼ぐ良い機会と心得た。

田辺屋ほどの身代ともなれば、その礼にありつこうとして、町方の役人や、処《ところ》の岡っ引きが動き出して、自分の出る幕などないかもしれないが……。

「それが昨日のことなのですがね。田辺屋さんの下のお嬢様が、灌仏会ということで、蔵前の閻魔堂に参詣に行かれたそうで」

「確か……。お咲《さき》殿とかいう」

「よく御存じで」

「十八になるというのに嫁にも行かず、店を手伝いながら絵を学んでいる、おもしろい娘御と評判ですよ」

「そのお咲さんが、処のごろつき共に、足を踏んだと言いがかりをつけられましてね」

「身形《みなり》が良いので狙《ねら》われたのだな」

「そこに一人のお武家様が助けに入って、あっという間に、そのごろつき共を叩き伏せたとか」

「なるほど、その助けてくれた武士を捜しているということですか……」

「そういうことで。もう一度お会いして、きっちりと御礼がしたいと。お咲さんが言うには、お連れの御方とさっさと行ってしまわれたので、どこにお住まいなのか、聞きそびれてしまったそうで」

「名も名乗らずに行ってしまったのですか」

「お連れの方とお話しになっていたところでは、松田新兵衛様と……」

「松田新兵衛？」

「御存じで……」

「御存じも何も。ほら、先日来、時折、私に代わって手習いを教えてくれている、仁王のような男がいたでしょう」

「ああ、そういえば、子供達が新兵衛先生がどうとか言っているのを聞いて、お見かけしたことがありましたが、あの、大きな御方が……」

善兵衛は、何度も頷《うなず》いた。

「間違いありません。あの新兵衛です。大家さんに、きっちりと引き合わせておりませなんだな。いや、これは申し訳ない。勘弁して下さい。そのうちにと思いながら、このところは新兵衛がここへ来ることもなかったものですから」

「ああ、いえ、私こそ、ここしばらくはこちらに伺《うかが》うこともなく、御無礼を致しておりました。それで、先生と、その松田様は……」

「かつて同じ道場に学んだ、剣友でござる。まあ、肝胆《かんたん》相照らす間柄と申しましょうかな。はッ、はッ、はッ」

これで地主も自分を見直してくれるはずだ。

栄三郎は得意満面に侍口調で答えた。

善兵衛も大喜びで、

「先生に、そのような御立派な御友人がおられましたとは、これは嬉しゅうございます。先生、大いに面目を施されましたな」

「いかにも……」

「ではすぐに私は田辺屋さんへ」

「私は、新兵衛をこれに連れて来ましょう」

栄三郎と善兵衛は頷き合って、道場をとび出した。

小走りに京橋へ向かう、善兵衛の姿はたちまち遠ざかった。皺《しわ》だらけの顔に、白い髷《まげ》――一見すると老人に見える善兵衛であるが、大家という仕事がら、老いたふりをしているのかもしれない。

「よう、手習いの先生……」

そこへ通りがかった、町方同心の前原弥十郎が、栄三郎を呼び止めた。

――とんだ所で面倒な奴に会ってしまった。

「大家が来てたみてえだが、また、何かやらかして、小言の一つも喰《くら》ったのかい」

弥十郎は、相変わらず栄三郎が気に入らないようで、ズケズケと物を言う。

「違いますよ。田辺屋の尋ね人を見つけてくれって話で」

「人探しなら、お前の出る幕じゃねえよ」

どうやら弥十郎も頼まれたようだ。

「それが、もう見つかってしまいましたよ」

「何だと……」

「私の友人でしてね。その、松田新兵衛は……」

栄三郎は、先を越されて愕然《がくぜん》とする弥十郎に、勝ち誇った目を向けると、さっさと歩き出した。

――ふん、ざまあ見やがれ……。それにしても、新兵衛の奴、良いことをしてくれた。

道場を出て京橋川沿いに西へ、すぐに左手に折れ、少し行くと紀伊国橋がある。これを渡って右の方が木挽《こびき》町二丁目で、通りに面した〝たけや〟という、小さな唐辛子屋に、新兵衛は寄宿している。

そこまでは、あっという間に着く。

その短い道中。栄三郎は、新兵衛が素直に田辺屋の礼を受けに出てくるだろうかと、内心不安を覚えていた。

「おれは礼が欲しくて、娘御を助けたわけではない」

などと、ぶっきらぼうに答えるばかりではないか——。

唐辛子屋から、老婆の売り声が聞こえた。

「まず、第一に用いまするは胡摩《ごま》、胡摩は精根気をまし、髪のつやを出すとあってこれを加う……」

このように、あれこれ七味の効能を語りながら、店先で調合をして七味唐辛子を売るのである。

老婆はお種《たね》と言って、一間半間口の小さな店で一人住んでいた。

芝源助《しばげんすけ》町の錠前屋に嫁いでいる娘が一人いて、その亭主が引き取りたいと言ってくれているそうだが、独りが気楽とそれも断わり、こうして、日々、嗄《しゃが》れ声を響かせているのである。

それでも、年寄りの独り暮らしは物騒だ。二階部分を誰か良い人が間借りをしてくれないかと、娘夫婦が探してくれたところ、新兵衛がみつかったらしい。

お種婆さんは、質実剛健、勤勉一途な新兵衛を〝守護神〟の如く崇《あが》め、頼りにしている。

それが何とも頰笑《ほほえ》ましく思える栄三郎であった。

一通り口上が済んで、店先に集まっていた客達がはけると、

「お種さん、達者そうで何よりだな」

「何だい、栄三さんかい。うちの先生は〝やっとう〟の稽古に忙しいんだ。下らないことに引きこまないでおくれよ」

「下らねえとは御挨拶だな。今日はいい話を持ってきたのさ。で、この屋の守り神は、稽古に出かけちまったのかい」

「いや、天上で鎮座ましましているよ」

栄三郎は、すっかり顔馴染みになったお種と、軽口を交わして二階へ上がった。

いい具合に、新兵衛はいた。

「新兵衛、おれだ、栄三だよ」

二階の六畳間は、新兵衛らしく余計な調度は一切なく、文机《ふづくえ》、行灯《あんどん》、つづら、刀架などが整然と置かれ、夜具は部屋の隅に畳まれ、枕屛風《びょうぶ》で目隠しされている。

「栄三郎か。ちょうどこれから、おぬしの道場に行こうと思っていたところだ」

部屋の中央に座し、刀の手入れをしていた新兵衛は、栄三郎を見ると、布でゆっくりと刀身を拭い、鞘《さや》に納めた。

「それはよかった。すぐに来てくれ」

「何かあるのか」

「新兵衛に礼を言いたいという人が居るんだよ」

栄三郎は、新兵衛の武勇伝を賛《たた》え、大家の善兵衛とのいきさつを話した。

「なるほど、そういうことであったのか」

聞き終えて、新兵衛は苦笑した。

「おれは礼が欲しくて、娘御を助けたわけではない」

「やはりそうきたか……」

「だが、それでおぬしの顔が立つなら、会うてもよいが」

「偉《えら》い！　お前も少しは世情というものがわかってきたようだな。うん、偉いぞ」

「おかしな誉《ほ》めようをするな」

意外にも、栄三郎の申し出を、あっさりと受けた新兵衛であった。

「夕餉《ゆうげ》の気遣いなどは無用にな」

新兵衛は、お種に言い置くと家を出て、栄三郎と肩を並べ、手習い道場へと向かった。

三十間堀《さんじつけんぼり》のそよ吹く川風が心地良い。

「ああ、いい風だ。暑くなると、剣術の稽古をする身には何よりもありがたい」

いつになく新兵衛が、しみじみとして、顔を綻《ほころ》ばせた。

「夏の暑さを乗り越えてこそ剣が上達する。口癖のように言っていた新兵衛も、歳をとったか……」

栄三郎はふっと笑った。

「ところで、新兵衛、おれの所へ来るつもりだったと言っていたが」

「久しぶりに、おぬしと稽古がしたくなってな」

「勘弁しろ。お前と稽古をすると、次の日が使いものにならぬ」

「では、このまま引きあげるとしよう」

「わかった。少しだけだぞ」

「栄三郎も、町の者相手では己の稽古にはなるまい」

「まあ、それもそうだな。ならば一手御指南願おうか」

「それでよい。田辺屋に会うのは手短に参ろう」

「新兵衛……」

「何だ」

「今日のお前は、何やら話しやすいな」

「それが気に入らぬか」

「いや、いつものぶっきらぼうより、はるかにいい」

新兵衛は小さく笑った。

だが、手習い道場に着いて、田辺屋父娘の来訪を受けると、新兵衛はいつもの如く、寡黙《かもく》でぶっきらぼうな姿に戻ってしまった。

あれから――。

善兵衛から仔細《しさい》を聞いた宗右衛門は、お咲を連れ、あの折、お咲の供をしていた、女中のおみよ、手代の清吉《せいきち》を従え、すぐにやって来た。

新兵衛がなかなか見つからなかった時も、栄三郎が連れてくるまでは、手習い道場で待ち続けるつもりであった。

十五間（約二七メートル）もの間口に、百人近い奉公人を抱える大店《おおだな》の主が、こうして自ら出向いてくるとは、よほど娘のお咲がかわいいのであろう。

上の娘は既に嫁がせた。その下の跡継ぎ息子はしっかり者で、黙々と家業に励んでいる。

「お父《と》っさん……」

と、慕ってくれる末娘のお咲は、今、宗右衛門にとって、〝目の中に入れても痛くない〟のだ。

「いや、この度は娘が大層お世話になったそうで、何と御礼を申し上げてよいやら……」

太った体を窮屈そうに折り曲げて、宗右衛門は一通り新兵衛に礼を述べ、栄三郎の交遊の広さに驚いて見せた。

その間、娘のお咲は少し恥じらいながらも、新兵衛に熱い目差《まなざ》しを向けていた。

新兵衛は、その礼の言葉が終わらぬうちに、

「この上の気遣いはどうか御無用に」

と、手で制した。

「松田様、それでは手前共の気持ちが……」

宗右衛門とて、かわいい娘の手前もある。

新兵衛はそれをつき放すように、

「某《それがし》はただ、当たり前のことをしただけでござる。武士というものは、腰に刀を差して、偉そうに歩いている。せめて、弱い者を見かけたら、これを守ってや

るくらいの可愛気《かわいげ》がなくてなんとする……。昔、そう言われて、なるほど、その通りだと感じ入ったことがござってな」

宗右衛門とお咲に感動が浮かんだ。

「それは、どなた様のお言葉で……」

「他ならぬ、この栄三郎でござる」

「秋月先生が……」

「はッ、はッ、私はその、町の出でしてな。威張っている武士を見ていると、昔から頭にくるもので、そのようなことを、つい言ったのでしょうな」

栄三郎は、思わぬ新兵衛の言葉に、照れて笑った。

町人の出である栄三郎は、浪人の子とはいえ、武士という風情が身についている新兵衛が羨《うらや》ましくて、共に岸裏道場で学ぶ頃、そういう憎まれ口をよく叩いたものだ。

「某が助けなんだとて、きっと誰かが助けたであろう。たまたま、助けたのが某であっただけのこと、礼には及ばぬ」

「では、せめて、これだけでもお受け取り下さりませ」

宗右衛門は、手代の清吉から菓子折を受け取り、新兵衛の前へ差し出した。

「それほどまでに申されるなら……」

新兵衛はそれを目の前で開いた。箱の中には、〝塩瀬《しおせ》のまんじゅう〟に、金包みが添えられてあった。

「この、まんじゅうだけ、ありがたく頂いておこう」

新兵衛は、まんじゅうの包みだけ、押し戴《いただ》いて、後は、宗右衛門の前へ戻した。

「これは参りましたな。秋月先生、お助け下さりませ」

宗右衛門は、困った表情を浮かべて栄三郎に小さく笑った。だがその表情には、美しいものを見た満足感が含まれている。

「この男には何を言っても無駄でしてねえ」

栄三郎は苦笑いを浮かべた。

――それでこそ新兵衛だ。

心ではそう思いつつ……。

お咲が堪らず、新兵衛を見て溜息《ためいき》をついて、

「松田様、わたくし、月の内に何度か絵を習いに、お師匠様の下へ通っているのですが、先だってのようなことがあれば困ります。如何《いかが》でございましょう。その

間だけでも、御守り下さいませんか」

と、祈るように言った。

「おお、お咲、それはよい考えですぞ。松田様、そうしてやって下さいませんか」

宗右衛門もこれに同調した。

「つまり、用心棒になれと」

「おい、新兵衛、そう言ってしまっては身も蓋《ふた》もなかろう」

栄三郎は、横から新兵衛を宥《なだ》めるように言ったが、

「日々の暮らしもままならぬ剣客には、ありがたい内職でござるが、このような美しい娘御の傍について、往来を歩くのは、某には何よりも荷が重い。お許し下され……」

新兵衛は、一笑に付した。

「松田様……」

お咲は、美しい娘御と言われて、胸を切なくしたか、哀《かな》し気に新兵衛を見つめた。

「それに、お咲殿は気丈夫だ。いざという時は、また、あの折のように……」

新兵衛は、草履で頭を打つ仕草――。

これには、お咲も顔を赤くして、苦笑いをするしかなかった。

「丁重に礼を下さり、痛み入り申す。これから、栄三郎と手合わせがござってな。これにて、お引き取り願いたい」

新兵衛は、そう言って軽く頭を下げた。

「新兵衛、お引き取り願いたいとは何だ。ここは、そもそも田辺屋殿の持ち物だぞ」

栄三郎は、これを再び宥めたが、

「いやいや、これはお邪魔を致しました。お咲、帰りますよ」

お咲は力なく頷いた。

あの時、破落戸達に怯《ひる》まずにいた向こう意気も、今はすっかり影をひそめて、薄紅地の振袖に身を包んだその姿は、どこか儚気《はかなげ》であった。

去り行く、宗右衛門、お咲の一行を見送りつつ、

――親子共々、新兵衛に惚《ほ》れよったな。

栄三郎は、そう確信した。

――見たか、これが、おれの剣友だ。共に汗を流した知己《ちき》なんだぞ。

そう、親子に誇りたい気分であった。

その新兵衛は、二、三本、道場の隅に置いてある竹刀《しない》を選び、素振りをくれている。

「さて、栄三郎、手合わせ願おうか」

「おれより、もっと強い相手と稽古をすりゃあいいものを」

「おれは、おぬしと稽古がしたいのだ。さあ、竹刀をとれ」

「おい、素面素籠手《すめんすこて》でやるのか」

「たまにはよかろう」

「勘弁しろ……」

「参るぞ！」

「ええい、自棄《やけ》だ、かかってこい！」

「えいッ！」

「やあッ！」

三

それから二刻の後——。

居酒屋〝そめじ〟に、栄三郎と新兵衛はいた。

「栄三さんに、こんな立派なお仲間がいたとはねえ……」

小上がりで栄三郎と酒を酌《く》み交わす新兵衛を見て、お染はつくづくと言った。

「新兵衛、〝塩瀬のまんじゅう〟が利いたようだな」

道場での稽古を終えると、

「今日は、あれこれと、おぬしの手を煩《わずら》わせたようだ」

夕飯を奢《おご》ると言い出した新兵衛であった。

そう言えば新兵衛を〝そめじ〟に連れて来たことがなかったことに気付いた栄三郎は、それならばと、この店を指定したというわけだ。

新兵衛は、飾り気がなく、べたついた色気など微塵《みじん》も見せない、この女将《おかみ》を気に入ったようで、田辺屋が持参した、〝塩瀬のまんじゅう〟を手土産《みやげ》にして、お染を喜ばせたのであった。

「御菓子を貰《もら》ったから言うんじゃないよ。栄三さんのお仲間といえば、あの奴《やっこ》の又平とか、河村文弥とか言う〝牛の足〟とか、ろくなもんじゃあないからね。そこへいくとこの旦那は、大きくて、物静かで、堂々としていなさるじゃないか」

「ほう、侍嫌えのお染が誉めるとは大したもんだ。新兵衛、田辺屋の娘といい、よくもてるじゃないか。梶原源太《かじわらげんた》ってところだな」

「梶原源太だと？」

「源平合戦の侍だよ。美男で知られた……」

「からかうのはよせ」

「田辺屋の娘？」

お染が尋ねた。

「ああ、あの大店の呉服屋の娘だよ」

「おい、栄三郎……」

「いいじゃないか。おれは今日、嬉しかったねえ」

栄三郎は、蔵前の閻魔堂での武勇伝に始まる騒動を、お染に語った。

「そりゃあ大したもんですねえ。それで田辺屋さんは幾ら包んできたんだい」

「おれが横目で見たところでは十両……」

「十両？」

「だがこの旦那は、そっくり返しちまったんだよ」

「何だ、そんなもったいないことをしちゃあいけませんよ」

「礼金欲しさに助けたと思われては、傍《かたわ》ら痛い」

「お金持ちからは、いくら貰ったっていいんですよ。どうせ十両なんてお金、その辺に転がっているんだから、貰ってうちで飲んで下さりゃあ、世の中にお金が回るってもんでしょう」

「なるほど、言われてみればそれも道理だな」

「どうです、いっそ、その田辺屋さんの娘ってのを嫁に貰ったら」

「うッ……」

新兵衛は、思わず酒に咽《む》せた。

「何だと……」

「きっと、その娘さんは、旦那に惚れちまったのに違いありませんよ。そうだろう、栄三さん」

「ああ、あの哀しそうな目は、そういう目だった」

「田辺屋さんは、息子が家を継ぐことになっているそうだから、何も武士を捨てて養子に入ることもないんだし……」

「そうだな。お咲殿を嫁にすりゃあ、田辺屋が後盾《うしろだて》だ。日本橋の北か南に、どでかい道場を建ててもらって、お前はそこの道場主だ」

「旦那の腕なら、門を叩くお人も跡をたたず……」

「松田新兵衛の名も、江戸中に響き渡るってもんだ。なあ、お染」

「あい。そん時ゃあ旦那、〝そめじ〟をどうか御贔屓《ひいき》に……」

「おぬしたちは、こういう話になると気が合うな」

二人で勝手に盛り上がっている栄三郎とお染を見て、新兵衛は呆《あき》れた。

「やっぱり、そうはいかぬか……」

「当たり前だ。あの娘は一時、おれのことを珍しがっているだけだ。それに、おれはまだまだ修行を積まねばならぬ身だ。道場を開くなど、とんでもない」

新兵衛はまったくとり合わない。

「修行、修行って、どこまで強くなれば気が済むんですよ」

お染が顔をしかめた。

「さて、それも、修行を積まねばわからぬことだ」

「旦那、そんなんで、生きていて楽しいのですか」

「ああ、楽しい。剣客は、剣に生き、剣に死ぬ……。そういうものだと信じて生きてきた故にな」

新兵衛はそう言って頬笑んだ。

この男の頬笑みには威厳がある。

栄三郎の頬笑みには軽口をのせられるが、新兵衛に頬笑まれると、にこやかに頷くしかない。

「それじゃあ、まあ今日は、飲んで食べて、楽しんでおくんなさいまし。わっちが一杯、奢《おご》らせてもらいますから」

さすがのお染も、すごすごと、新兵衛の夢の縁組話から引き退《さ》がるしかなかった。

その様子を、ニヤリと笑いながら栄三郎は見ている。

「いや、もう酒は随分と飲んだ。飯を食わせてくれ」

新兵衛は、そう言って、お染を板場に下がらせると、その頬笑みを今度は栄三郎に向けて、

「良い店だ。今宵《こよい》は久し振りに、おぬしと飲めて楽しかったぞ。おれは勝手に飯を食って帰るが、ゆっくりしていってくれ」

「じゃあ、そうさせてもらおうか。新兵衛……」

「何だ」

「お前、何かあったのか」

「どういうことだ」

「それはわからぬが。例えば、何か忘れてしまいたいことがあるとか」

「馬鹿な。そういうことがあれば、きっちりと飯を食って、お前を置いて帰らぬ。これがいつものおれだ」

どんな時でも、摂生《せっせい》を忘れない。栄三郎が言うところの、

「おもしろくない男」

ではないかと、新兵衛は言った。

「そうだな。確かにそうなのだが……。まあいいや。お前は、おれが心配しなけりゃあならないような男ではなかったな」

やがて、お染が、丼に多めに盛った飯に、漬物を添えて持って来た。新兵衛はまたたく間にそれを平らげると、

「うまかった。女将、また来よう。もう少し栄三郎を飲ませてやってくれ」

お染に充分すぎる代金を払って表へ出た。

「旦那、こんなに要りませんよ」

と、見送るお染に、

「ならば、今度来る時に差し引いてくれ」

「そうですか。それじゃあ、そのように……」

「女将……」

「お染と呼んでおくんなさいまし。何だか老けこんじまったような気がします
よ」

「では、お染」

「あい」

「栄三郎に気があるのか」

「嫌ですよう。わっちは御覧の通りのがらっぱちな女でございますから、栄三さんはその、〝兄ィ〟みたいな人でございましてね……」

「そうなのかな」

「はい。そりゃあもう、惚れる男にしちゃあ、あまりにもいい加減な人ですから
ねえ」

「確かに奴は、いい加減だ。剣術の稽古は手を抜くし、何かというと遊びたが

る。平気で嘘《うそ》をつくし、相手によって喋《しゃべ》り方を変える。だが、あの男は優しい。あれほど優しい男はおらぬのではないかと思うくらいな」

そう言われて、お染はふっと笑って頷いた。

「旦那は、栄三さんのことが好きなんですねえ」

「そなたと同じだ。この先も奴に構ってやってくれ」

新兵衛は、またも、お染を黙らせる、あの頬笑みを浮かべると、

「栄三郎に言っておいてくれ。明日も稽古に行くとな」

お染にそう言い置いて立ち去った。

「わっちも男に生まれたかったねえ」

お染は、新兵衛の大きな背中を見送りながら呟《つぶや》いた。

店の中では、外で新兵衛とお染が何を話しているかなど、我関せず。栄三郎は手酌で飲んでいる。

「いや、やはり新兵衛の奴、何かある……」

栄三郎――、今日は地主に大いに面目を施したというのに、どうもすっきりしないのである。

さて、その同じ頃。

栄三郎よりも尚《なお》、新兵衛を想い、すっきりとしない胸の内に心を悩ます者がいた。

田辺屋の娘・お咲である。

「松田様……」

胸の内を悩ましているのが、新兵衛への恋情であることは、疑いの余地もなかった。

あのように強くて、無欲な武士がこの世にいようとは――。

「あの御方の傍に、少しでもいられたら、どれほど心が落ち着くことでしょう」

だが、新兵衛に構ってもらえるとしたら、もう一度、その目の前で悪漢に襲われることとくらいしかないであろう。

と言って、勝気で行動力豊かなお咲は、このまま恋に焦《こ》がれる、そこいらの箱入り娘ではなかった。

やがて――。彼女はある〝策〟に思い至るのであった。

「何ていいことを思いついたのでしょう……」

自画自賛のお咲も――今宵はなかなか眠れそうにない。

四

翌日。

手習い道場には、いつになく緊張が漂っていた。

俄《にわか》に、手習い子が入門してきたのだ。

秋月栄三郎を師匠と迎えてからは、ここで学ぶ子供の大半は、裏長屋に住む貧乏世帯の子弟と定まってきた。

それが、日本橋南通りに店を構える、紙屋の娘・おたみ、団扇《うちわ》問屋の娘・おもんが、親に連れられて訪ねて来たのだから、これには子供達の方が驚いた。

まだ、六歳になったばかりだという二人が、読み書きを教えていたと思えば居眠りを始める、愛すべき師匠・栄三郎に嫌気がさしはしないか――しっかり者の竹造などは気が気でないのである。

そのような心配をよそに、栄三郎は、得意の昔話で、おたみとおもんを大いに笑わせて、時が過ぎた。

終わりの頃となって――外から中の様子を窺《うかが》い見る、田辺屋宗右衛門の姿が認められた。

「そのような所では見にくいでしょう。どうぞ中へ。皆、ここの地主さんだよ」

子供達の笑顔を一身に浴びて、宗右衛門は恥ずかしそうに、扇《あお》いでいた扇子《せんす》で顔を隠した。

「おたみ、おもんのことは、地主さんの差し金ですな」

子供達が帰った後、栄三郎は宗右衛門に問うた。

「二人共、手習いを嫌がると言うので、ここを勧めたのです」

「そうでしたか。まあ、今日のところは二人とも楽しんでくれたようです」

それを聞いて、宗右衛門はふっと笑った。

「おかしいですか」

「これは御無礼致しました。何やら講釈師のように仰《おっ》しゃられるので……」

「同じようなものですよ。相手が話を聞いておもしろいと思ってくれないと、伝えたいことは伝わらない」

「なるほど」

「もっと厳しく教えてやってくれと言う親もいますが、叱りつけて教えても身にはつきません」

「先生は子達を叱ることは？」

「ありますよ。弱い者を苛《いじ》めた時、人の物を盗んだ時、約束を破って居直った時……。これは叱ります。というか、殴りますね。その他のことは、親の出番でしょう」

「うむ、その通りですな」

「人に勧めた手前、栄三郎の教えぶりを見ておこうと？」

「それもありますが、私の方も、新たに入門を認めて頂きたい者がおりまして」

「はて、手習いを始めるような子が、地主さんの所にいましたかねえ」

「手習いではなく、剣術の方です」

「剣術を？」

「こちらでは、町の者相手に教えて下さるそうで」

「はい、まあ、親達の気晴らしになったらと……。で、その物好きな御人はいったい」

「娘のお咲です」

「何ですって？」

「なりませぬかな」

「それは構いませぬが。なるほど、そうきましたか」

「もうお気付きかと思いますが、お咲はすっかりと、松田様に心を奪われてしまいまして……。こちらで剣術のお稽古に励めば、松田様と御意を得ることもあるはずだと、申しましてな」

「女だてらに剣術を習ってまで、新兵衛に近付きたいとは、お咲さんも随分と思いこまれたものですな」

「一旦、思いこむと、何があっても後に引かぬのが娘でございましてな」

「地主さんは承知なのですか。新兵衛はいい男ですが、大店の娘さんとは、住む世界がまったく違う。それは、新兵衛も心得ていますから、お咲さんが新兵衛を追いかけたとて、いたずらに時を費やすばかりですよ」

「それでは嫁に行き遅れてしまうかもしれませんな」

「はい」

「それでも私は、お咲には本人の思い通りにさせてやりたいのです。馬鹿な親だと笑われてしまうかもしれませんが、お咲がまだ三つの時に、私は連合いを亡くしまして、どうも不憫《ふびん》がつのるのか、あれが可愛くて仕方がありませんでしてな」

「お気持ちはわかります」

「それに、娘が松田様を慕う気持ちは私にもよくわかります。同じ、男に想いを寄せるなら、あのような御方にこそ……」

「わかりました。そこまでの想いを打ち明けられては、是非もありません。娘御が身を守るために武術を習うことも悪くはありませんからね」

「本当ですか」

「よろしくお願いします」

と、部屋の外から声を弾ませたのは、お咲であった。

居ても立ってもいられず、そろそろ下話も済んだ頃と、自ら乗り出してきたのであろう。

「まあ、どうぞ……」

栄三郎は手招きをした。

「まったくお前は、はしたない……」

宗右衛門は、お咲を窘《たしな》めつつ、

「秋月先生が無理を聞いて下さるそうだ」

「先生、私は酔狂で剣術を学ぶのではありません、どうか、殴るなり、蹴るなりして下さって、剣の道をお教え下さい」

「お咲、よく言った。金持ちの道楽と言われてはなりませんぞ」

「はい、お父っさん」

苦手にしていた地主の宗右衛門が、こんなにおもしろい男であったとは――。

栄三郎は失笑しつつ、

「いや、その前に。ちょうどよかった。お咲さん、あなたに聞きたいことがあるのだが」

「私に聞きたいこと。はい、何なりと」

「一昨日、新兵衛は、お咲さんを助けた後、誰か連れの男とさっさと行ってしまったと言っていたが、その連れの名を聞いてはいまいか」

「お連れのお侍さま……。さて、何とやら仰しゃっていましたが……」

「思い出してくれ、昨日の夜から気になって仕方がないのだ」

「もり……、何とか……。そうです。盛田様と」

「盛田……。どのような男であった」

「修行から戻られたようにお見うけしましたが。松田様は、呼び止められて、何やら恐いお顔で、立派になられた……。などと」

「まさか……。盛田というのは……」

栄三郎の脳裏に、一人の剣士の顔が浮かんだ。

「その侍は、盛田源吾と名乗らなんだか」

「盛田源吾……。はい！　確かにそう仰しゃっていたと」

「そうか、そうであったか……」

栄三郎に、たちまち動揺が奔《はし》った。いつもと違う新兵衛の言動の理由は、ここにあったのだ。

「その盛田源吾という御方はいったい」

栄三郎の様子を見てとった宗右衛門は、心配そうに尋ねた。

この父娘に話すべきことかどうか——栄三郎は口ごもった。

「いや、それは……」

宗右衛門は、大店の主の威厳を湛《たた》え、姿勢を正した。

「どうか私に、お話し下さりませぬか。宮川九郎兵衛先生に替わって、この手習い所のお師匠になって頂きながら、私はどうも、秋月先生のことを粗略に致しておりました。お師匠として頼みになる御方なのか……。穿《うが》った見方さえしていたような。だがそれはとんだ見当違いでした。聞けば先生は、入門の折に束脩《そくしゅう》のお金さえ受け取ろうとなされぬとか。どうして今まで、そういう先生のお役に立てなかったかと思うと残念でならないのです。いったい、松田様の御身に何が起ころうとしているのですか……」

宗右衛門にこうまで言われて、栄三郎は黙っていられなかった。

「ならばお話し致そう。盛田源吾は、きっと、新兵衛に果たし合いを申し込んだのに違いない」

「果たし合い？」

宗右衛門とお咲は目を見開いた。

話は七年前に遡《さかのぼ》る――。

その頃、岸裏伝兵衛の門下にあった、栄三郎と新兵衛は、その他、数人の兄弟弟子と共に、所用で江戸を離れていた伝兵衛の留守中。下谷長者町《したやちようじや》に〝直心影流《じきしんかげ》〟の道場を構える、藤川弥司郎右衛門《ふじかわやしろうえもん》の下に出かけた。

それまでは他流との試合は、どの道場においても禁じられていることが多かった。

それが、弥司郎右衛門の師・長沼四郎左衛門《ながぬましろうざえもん》の時――直心影流では、面、籠手の防具に竹刀が改良され、他流との試合や稽古が盛んになっていた。

「このような折じゃ、行って教えを乞うて来るがよい」

と、伝兵衛が、弥司郎右衛門に頼んで、自分の留守中、弟子達を稽古に行かせたのだ。

伝兵衛は、弥司郎右衛門に防具や竹刀の工夫を学び、自流にもこれを取り入れていたから、栄三郎、新兵衛達は初めての相手との稽古に、いつもより気合が入っていた。

中でも、新兵衛の剣技は抜群の冴《さ》えを見せ、門弟三千人と言われる、長者町の道場においても、一際光彩を放った。

「岸裏殿は、なかなかもって、良い弟子を育てられたのう」

弥司郎右衛門をして唸《うな》らせたほどである。

だが、今でさえ、〝愛想がない〟と、栄三郎に言わしめる新兵衛——七年前ともなれば、がむしゃらが災いして、その強さが、〝可愛気がない〟と映ることもあった。

栄三郎などは、三本取れる相手でも、一本を譲り、

「やあ、先ほどはいい面を一本頂きました」

などと言って、他所《よそ》の道場の門弟とも、うまく交誼《こうぎ》を結んでいくのだが、新兵衛は手を抜くことを知らぬ。

ここで、亀山左兵衛《かめやまさへえ》という門弟の反感を買ってしまう。

亀山は、藤川弥司郎右衛門の道場にあって、多彩な技と、巧緻《こうち》な剣捌《さば》きで、その眉目秀麗《びもくしゅうれい》なる容貌も手伝い、このところめきめきと名を上げていた。

それだけに、気楽流の聞いたこともない男に、なかなか一本が取れぬことに苛《いら》立《だ》ちを覚えていた。そして、その心が未熟だと、師の叱責《しっせき》を受けてしまったのだ。

長者町の道場に通って三日目のこと。

高齢であった藤川弥司郎右衛門は、体調を崩《くず》して、その日から静養のために道場を離れることになった。

その日も、新兵衛から一本を奪えぬ亀山左兵衛は、ついに、

「明日は木太刀で立合いを願いたい」

と、新兵衛に申し出た。

「畏まりました」

栄三郎が止める間もなく、新兵衛はこれを受けた。

亀山は木太刀での立合に絶対の自信があった。防具を着けての剣がいくら強くとも、素面素籠手で木太刀となれば、真剣での立合と同じくらい勝手が違う。相手が臆《おく》するところを度胸一番打ちこんで、これまで何度も勝利してきたのである。

藤川弥司郎右衛門の門弟達は、この立合を止めるべきであった。しかし、弥司郎右衛門の主だった高弟達も、折悪く道場を留守にしていたし、外部の剣客に己が家を荒らされたような気がして、新兵衛をおもしろく思っていない亀山の取り巻きなどが、これを煽《あお》った。

こうなると互いに引けなくなり、その翌日、新兵衛と亀山左兵衛は、防具を着けず木太刀で立ち合った。

方々にかけ合って、この立合をやめさせようとした栄三郎であったが、

「気楽流が笑われては面目が立たぬ。栄三郎、邪魔立てすると、おぬしとは絶交だ」

新兵衛の強い意志もあり、見守るしかなかった。

「何があっても遺恨を残さぬこと。互いに誓約を交わそう」

亀山は立合にあたってそう言った。

「無論のことにござる」

応えて、新兵衛は静かに木太刀を構えた。

「やあッ！」

亀山は、その木太刀で、新兵衛の剣先を払い、一歩踏み込んだ。

その鋭い動きに、並の剣士なら、構えと間合を乱され、一歩退くなりして新たな動きを見せるであろう。

そこに一瞬の隙が生まれるはずである。

しかし、新兵衛が木太刀を握る手の内は、まことに柔らかく、ゆったりとしていて、剣先は払われたとてすぐに元の位置に戻り、その構えは毛筋ほども乱れず、微動だにしない。

亀山は焦《あせ》った。

己が相手は、木太刀での立合を知っている。そして、巌《いわお》の如く立ちはだかり、亀山が発する気合を呑《の》み込んでいた。

亀山は考え違いをしていた。

防具での稽古が流行《はや》る当世にあって、岸裏伝兵衛は、冷静に真剣での立合における、防具稽古の整合性をつきつめ、門人に剣術を教えていた。それ故に、松田新兵衛にとっては、木太刀での立合など、何ほどのことでもないことを知らなかったのだ。

　焦りは苛立ちを呼び、苛立ちは体を力ませ、あらゆる技を幼くする。

「とうッ！」

　気合もろとも、籠手から胴へ打ち込んだが、木太刀は虚《むな》しく空を斬った。

　それでも、亀山とて腕に覚えのある一流の剣士――度胸に勝るものはなし。

と、腹を据えて打ち込む連続技は凄《すさ》まじいもので、新兵衛は、これをかわしつつ
後退を余儀なくされた。

「それッ！」

　ここが勝負と、亀山の木太刀が新兵衛の面を打った。

　――これはいかぬ。

　栄三郎が目をそむけようとした刹那《せつな》。

「えいッ！」

　新兵衛の裂帛《れっぱく》の気合が道場に響き、亀山はその場に崩れ落ちた。

　咄嗟《とっさ》に出た新兵衛の相面《あいめん》が、亀山を捉え、亀山の木太刀はその衝撃で、僅かに
新兵衛の面をそれたのだ。

「それで……。その亀山左兵衛という御方は」

栄三郎の話を、固唾《かたず》を呑んで聞いていた、宗右衛門が、ここで言葉を途切らせた栄三郎をじっと見た。

「そのまま息を引きとった……」

「そうですか……」

「でも、技を返さねば、松田様が命を失ってしまわれたのかもしれないのでしょう」

お咲が声を震わせた。

「その通りだ。互いに納得ずくで、立合に挑んだのだ。新兵衛に何の落度もない。だが、そのままでは済まされぬ門人がいた……」

それが、盛田源吾であった。

遺恨は残さず——。その上に新兵衛の剣の凄まじさを見せつけられては沈黙するしかない中。まだ十八歳で、あどけなさの残る美少年の盛田が、

「松田新兵衛殿、いつの日か、この盛田源吾と、真剣での立合を願えませぬか」

と、新兵衛の前に進み出た。

「馬鹿な！　このような立合をお知りになれば、藤川先生は何とお思いになられ

ることか」

栄三郎が、二人の間に割って入った。

「私はこれにて、当道場を去ります。松田殿、御返答はいかが……」

源吾は、亀山左兵衛を兄のように慕っていた。栄三郎の見たところでは、二人は衆道《しゅどう》によって、結びついていたのではないかと思われた。

武士の世界において、男色絡みで敵《かたき》討ちに発展したことは多々ある。

荒木又右衛門《あらきまたえもん》が活躍した、〝鍵屋《かぎや》の辻の決闘〟も、岡山藩主・池田忠雄《いけだただかつ》の寵童《ちょうどう》であった、渡辺源太夫《わたなべげんだゆう》に、同僚であった河合又五郎《かわいまたごろう》が懸想《けそう》し、これを拒まれたことで又五郎が源太夫を殺害した。そこから忠雄の上意討ちの意を含んだ敵討ちが始まったのである。

どちらかと言うと、己が剣技を鼻にかける亀山左兵衛は、同門の士からは嫌われていたようであったが、道場を辞めてまで、亀山の仇を討とうとは、源吾の想いには尋常ならざるものがあったと言えよう。

「心ならずも、亀山殿の命を奪ってしまった某が、立合の申し出を断わることはできますまい。いつの日かお目にかかろう……」

新兵衛は、盛田源吾の申し出を受けたのであった。

「あれから七年……。いよいよその時が来たか……」

「そんな……。では松田様はあの御方と」

「近々、果たし合いをすることになりましょう」

「真剣で立ち合えば、いずれか一人は……」

「死ぬことになる」

「何とかならないのですか！　松田様にも、盛田様にも罪咎《とが》はないのに、どちらか一人が死ぬなど馬鹿げています！」

お咲はすっかり取り乱している。

「確かに馬鹿げている。だが、力ある者に取り入り、世渡りをもって、剣客としての名声を高めることに余念のない者より、己が命をかけて剣の道を突き進む新兵衛はよほど立派だ。この栄三郎は、どちらの道も進めず、こうしてここで、地主さんの厚意に甘えている。真に情けないものだ……」

自嘲の笑いをもらす栄三郎に、じっと腕組みをしながら物思う宗右衛門は、

「秋月先生の剣の道もまた、私には味わいがあるものに思えますがねえ。いや、これはわかったようなことを申しました」

しみじみと噛《か》みしめるように言った。

「とはいえ、松田様のことが心配ですな」

栄三郎は頷きつつ、

「とにかく、今日はお引き取り願えませんか。これでは、お咲さんの入門どころではない」

「それがよかろう……」

気がつくと、新兵衛が道場に来ていた。

「新兵衛、来ていたか」

「松田様……」

お咲は、新兵衛を見た途端、目から大粒の涙をこぼした。

「田辺屋殿、親子してこの新兵衛を気遣うてくれるのは真にありがたいが、泰平の世にあって、人を殺して罪にならぬ者がいる。それが剣客だ。某は、命を奪うことも、奪われることも修行の内と心に定め、日々生きている。そのような男に、わざわざ近寄ってまで、言葉を交わすことはない」

「はァッ、はッ、はッ……」

哀しみに沈むお咲の横で、太った体を揺らせて、宗右衛門が笑った。

「お咲、これはまた、今日も退散するしかないようだ。商いの道においては、おいそれと引き下がりはしない私だが……。久し振りに思うに任せぬことにぶつかりました。それがどうも心地が良くて困る」

栄三郎は黙って、宗右衛門に頭を軽く下げて見せた。

宗右衛門は、お騒がせを致しましたと、目で、栄三郎に語りかけると、

「お咲、こういう時、松田様に何とお言葉をかけるのだ」

お咲は宗右衛門に言われて、少しの間戸惑いを見せたが、はっと気付いて、

「松田様、どうか御武運を……」

と、三つ指をついた。

「それでよし。帰ろう」

宗右衛門は、お咲を促すと満足そうな面持ちで、店へと帰っていった。

黙々と己が道を生きる剛直な男。己が道を求めつつ、友の身を案じる心優しき男。

日頃、店先では見ることのない二人の男の姿が、宗右衛門には清々《すがすが》しく映った。

威儀《いぎ》を正して、田辺屋父娘をその場で見送ると、

「さて、稽古を始めるか」

新兵衛は、何食わぬ顔で竹刀を手に取った。

「盛田源吾のこと、どうして黙っていた」

栄三郎は、新兵衛に向き直った。

「わざわざ事細かに報《しら》せることでもなかろう」

「果たし合いとなれば話は別だ。盛田の申し出、受けたのだな」

「七年前に申し出は受けている」

——最早、矢は放たれたか……。

栄三郎は溜息をついた。

「日取りは何時だ」

「三日後。七ツ（午後四時頃）。場所は目黒爺々《めぐろじじ》が茶屋《ちゃや》裏三本松」

「三日後か……」

「盛田源吾も、江戸へ戻ったばかりで、済ませておきたいこともあるのだろう」

「盛田は今何処《どこ》にいる」

「麻布《あざぶ》の妙行寺に寄宿すると言っていたが」

「その日になって、助太刀の者を連れて来るのではあるまいな」

「そこまで性根は腐っておるまい」

「立会人は」

「誰も立ててはおらぬが、栄三郎、おぬし、見届けてはくれぬか」

「おれでよいのか」

「もしもの時は、騒ぎにならぬよう、そっと始末をしてくれ。そして、くれぐれも哀しむな。おぬしらしく、今時、果たし合いなどして命を落とす奴も珍しいと笑いとばしてくれ」

「馬鹿を言うな。おれは七年前の盛田源吾を知っている。奴ごときに、お前が後れをとるはずがない」

「だが、七年の歳月は奴の腕を変えたはずだ」

「それと共に、お前の腕もさらに上がっているはずだ」

「真剣の立合だ。何が起こるかわからぬではないか」

「それで、おれの顔を立て、田辺屋殿に会い、おれと稽古をして、飲みに誘ったのか。今生の別れを惜《お》しむような、不吉なことをしやがって」

「怒るな。どうせ言うつもりであったが、あまり早く言うと、その日が来るまでの間、おぬしがあれこれと煩《うるさ》いことを言うと思ったのだ」

「当たり前だ。煩いことは言う。言うに決まっているだろう。おれは、あの亀山左兵衛という奴は、どうも虫が好かなかったが、盛田は気持ちの優しい、なかなかいい奴だったと思う。そんな男を、お前に殺してほしくはない。だから煩いことは言う。だが、おれも剣客の端くれとまでもいかぬが、この果たし合い、止められぬことはわかっている」

「うむ、ならば、稽古を頼む。明日からはまた出稽古だ」

「おれと最後の稽古になるかもしれんな」

栄三郎は怒ったように新兵衛に応えると、道場の端にしつらえた見所《けんぞ》に置いてある大刀を、刀架から手に取って腰に差した。

「真剣にて、刃筋を見極めよう。間違ってもおれを斬るなよ」

「ありがたい……」

新兵衛は、ニヤリと笑って刀を抜いた。

昨日、訪ねた時も手入れをしていた、その白刃は、いかにも新兵衛の差料らしく、力強い光を放っていた。

水心子正秀《すいしんしまさひで》、二尺五寸の業物《わざもの》である。

栄三郎も抜いた。

こちらは、河内守康永《かわちのかみやすなが》、二尺二寸九分。栄三郎が宝とする大坂新刀――。

真剣での稽古に、道場の空気がピンと張りつめた。

二人は時を忘れて、型を繰り返した。

廻り方の同心・前原弥十郎が表を通りがかって、〝ビュン！〟と唸る剣の音に思わず立ち止まった。

「手習い所の極楽蜻蛉《とんぼ》か……。なかなかやるじゃねえか。それにあいつか、松田新兵衛って豪傑はよう……」

小窓から中の様子を窺い、弥十郎は瞠目《どうもく》した。

「見事なもんだ。栄三の野郎、日頃は頼りねえフリをしやがって、ますます気に入らねえや……」

そう独《ひと》り言《ご》ちながらも、この道場の稽古に加わりたい――そんな想いが弥十郎の胸の内を駆け巡るのであった。

栄三郎と新兵衛の稽古は、その日の夜まで続いた。

五

「ああ、情けない。これしきのことで、思うように動かぬとは……」

昨日の新兵衛との稽古がこたえたようで、朝から栄三郎の体の節々が痛んだ。

「ええい、苛々する……」

裏手の井戸へ出て顔を洗うと、そのまま道場に出て、赤樫《あかがし》でできた太目の木太刀で素振りを始めた。

「まだまだ、くたびれぬぞ……」

新兵衛の果たし合いは明後日。

じっとしてはいられない栄三郎であった。

素振りが三百本を数えた頃――。

「今日は手習いは休みかい」

小窓から、見廻り中の前原弥十郎が顔を覗かせた。

「見ての通りで……」

栄三郎は不機嫌に応えた。こんな日にこいつの蘊蓄《うんちく》を聞かされるのは、とにかく御免だ。

そのまま素振りを続けた。

「まさか、果たし合いでもするんじゃねえだろうな」

いつになく殺気立っている栄三郎の様子に、少し控え目な声で、弥十郎は言った。

「果たし合い？」

「いや、田辺屋の娘にさっき、奉行所で果たし合いを止《や》めさせることはできねえかって聞かれてな」

「で、何と返事を……」

栄三郎は、素振りを中断した。

「剣客同士、納得ずくなら、よほどのことがねえ限り、町方がとやかく言うことではねえと」

「なるほどな。それなら、おれが果たし合いをしようがしまいが、大きなお世話だ。おぬしも武士なら、稽古の邪魔をするものではない」

「そいつは、申し訳ねえ……」

どこまでも、つっけんどんな栄三郎に気圧《けお》されて、弥十郎はすごすごと立ち去った。

「何を怒ってやがんだ……」

表で、弥十郎がぼやく声がした。

——田辺屋の娘。このまま黙って、新兵衛が果たし合いをするのを見守るつもりはないらしい。

「御武運を……」

と、三つ指をついた昨日の殊勝な姿も、一夜明ければ、恋しい男を危険な所に行かせたくない、女の一念にかられた気丈夫なそれに変わったのか……。

――と、すると、今日もまた……。

栄三郎の予想通り、表に駕籠《かご》が止まったかと思うと、お咲が入って来た。

「お邪魔致します」

「どうぞ中へ……。今日は一人ですか」

「はい、父と話をしても、お武家様のことに口出しは無用だと言われるばかりで」

栄三郎は、そのきっぱりとした口調に、お咲の決然たる想いを覚えた。人目を憚《はばか》り六畳間に通すと、お咲は堰《せき》を切ったように栄三郎に訴えた。

「一晩、寝ずに考えました。どう考えても、松田様が果たし合いに出向かれるのは、おかしいと思います」

「貴女の気持ちはわかるが、これぱかりはどうすることもできない」

「秋月先生は、松田様にもしものことがあっても平気なのですか」

「それはもちろん悲しい」

「では、何とかして下さい」

「何とかと言われても……」

「例えば、秋月先生が代わりに立ち合うとか」

「おれはどうなってもいいのか……」

「ですから、例えばの話です」

「私も武士の端くれだ。見守るしかないのだ」

「では、取次屋として頼みを聞いて下さい」

「取次屋として……」

「先生は、町人と武士の間を、あれこれ取りもって下さるとか」

お咲は、持参した袱紗《ふくさ》包みを差し出した。

「二十五両、店からくすねてきました」

「無茶なことを……」

「どうでしょう、このお金で、盛田源吾様に果たし合いを思い止《とど》まって頂くというのは」

「金ずくで止めさそうと?」

「足らなければ、手付ということで」

「金で片が付くような男が、七年もの間、修行を積んで真剣勝負を挑むわけがない」

「お金で武士の面目は買えませんか」

「この期《ご》に及んで命が惜しくなったと思われるのは、何よりの恥だ」

「俄に病に倒れたということにしておけばよいではありませんか」

「それはおもしろい考えだが、そもそもこの話を盛田源吾に持ちかければ、新兵衛が臆《おく》したと思われる」

「それは確かに……」

「新兵衛に死なれるのは辛《つら》いが、新兵衛の武士の一分が汚されるのは、これまた辛い。ここはやはり、諦めて見守るしか……」

「なりません！　まだ果たし合いまで少し間があります。きっと何か良い手立てがあるはずです。先生、何とかして下さい。すると言って下さい。この取次の一件、受けて下さらねば、ここに新しい手習いのお師匠に来てもらいます」

「今度は脅《おど》しか。まったく困ったお嬢さんだ」

無茶苦茶な娘だと思いつつも、栄三郎は、ここまで、新兵衛に想いを募らせるお咲が、健気《けなげ》で、心打たれた。

「わかりました。そこまで言われたら、この栄三郎も男だ。何か手を考えてみましょう」

「本当ですか！」

お咲は、愛らしい目をぱっちりと見開いて膝を乗り出した。

「だが、言っておくが、取次屋の仕事が、いつもうまくいくとは限らない。特に今度のことは……」

栄三郎は、腕を組んで暫《しば》し唸った——。


その日の昼下がり。

盛田源吾は、麻布妙行寺裏手の墓地にいた。

ここに、亀山左兵衛の墓があった。

「左兵衛様……。何としてでも私が御無念を。この七年間の修行の成果を御覧下さい……」

あどけなさの残る美少年であった源吾も、今では引き締まった体に、顔つきも精悍《せいかん》なものとなり、立派な武芸者の風を成している。

亀山左兵衛の墓標に語りかける声も、野太いものとなっていた。

源吾は、常陸下館《ひたちしもだて》二万石の領主・石川近江守《おうみのかみ》の家臣、盛田左馬允《さまのすけ》の子として生まれた。父・左馬允は、勘定吟味役を務めていたが、帳簿の処理について上役と衝突し、致仕《ちし》した後、下館の地で病没した。源吾、十歳の時である。

左馬允を哀れむ者もあり、いつか源吾が、召し出されることがあるかもしれないと、母・稀代《きよ》は、病弱であった源吾を江戸へ遣り、剣術を学ばせた。

田舎《いなか》の小藩の出で、ひ弱な源吾は、藤川道場に入門が叶ったものの、顔立ちが良いだけに他の門人のからかいの対象になった。腕に自信のない者ほど、誰かを貶《おとし》めることで、己が序列を守りたがる。

剣の才には恵まれていたが、体つきが頼りない源吾は、憤《いきどお》ったところで力技に押さえつけられ、悔しさに歯嚙みする毎日であった。

それを、あれこれ優しく面倒を見てくれたのが、亀山左兵衛であったのだ。

門人達は、蔭《かげ》では〝亀山の稚児〟と、源吾を嘲《あざけ》ったが、亀山に目をつけられ、理不尽な木太刀稽古など望まれたら痛い思いをする。そのうち、源吾も腕を上げ、理不尽な貶《さげす》みを受けることもなくなった。

人には嫌な男かもしれぬが、源吾にとって、亀山左兵衛は、肉親以上の存在であったのだ。

亀山を死に至らしめた松田新兵衛。これを討ち果たしてこそ、亀山への恩返しとなろう。

藤川道場をやめ、廻国修行に出た源吾を、稀代は〝たくましくなった〟と喜び、下館の地で武家の子女達に琴を教授して、源吾の帰りを待っている。

「母上……」

呟《つぶや》く声が、胸から湧き出る咳《せき》でかき消えた。

皮肉なもので、剣の腕が冴えるに従い、病魔が源吾にとりつくようになっていた。

江戸に戻る少し前。

源吾は医師から労咳《ろうがい》だと告げられた。

下館に戻り、石川家に帰参が叶ったとしても、どれほどに奉公が勤まるか……。

「それよりは、体が思うままに動かせる間に……」

松田新兵衛ほどの剣客と立ち合うのならば、少しは名も残ろう。

あの日、十八歳の分別もない若さが言わせた果たし合いの申し込み。向こう見ずにも道場を出たその足で、旅に出かけて七年。

「悔いはございませぬ。この泰平の世にあって、武士らしく死んだと、もしもの時はお諦め下さりませ」

母への想いを募らせるうちに、咳も治まった。

源吾は、もう一度、亀山の墓標に手を合わせると、墓所から立ち去った。

その源吾の姿を、先ほどから少し離れた木立の内より見つめていた男の影があった。

栄三郎である。

「どうやら盛田は、死を覚悟して江戸へ戻って来たらしい。これはどうしようもない……」

新兵衛といい、欲得を捨てた者ほど厄介なものはない。

栄三郎は、源吾に声をかけられないまま、木立の中で大きく息を吐いた。

六

目黒北方の台地は、見渡す限りの、長閑《のどか》な田園地帯である。台地から目黒川へと茶屋坂を下ると、その中腹に〝爺々が茶屋〟はある。

ぽつりと一軒しかないこの茶屋は、はるか昔、三代将軍・家光《いえみつ》が鷹狩《たかがり》の途中、休息に立ち寄り、〝爺ィ〟と、茶屋の主人を気に入ったことからその名で呼ばれたと言う。

この裏手の大きな赤松の木の下辺りは、坂の道からは視界の及ばぬ野となり、正に、果たし合いには恰好の場と言えよう。

七年前の約定に決着をつける日がきた。

刻は七ツ（午後四時頃）。

野原の中央に対峙《たいじ》する、松田新兵衛と盛田源吾の姿があった。

新兵衛――今日は朝から、栄三郎の手による茶粥《ちゃがゆ》を所望し、いつもと変わらぬ様子で出稽古へ行った。

平常心を保ちつつ、茶粥を食べに来る新兵衛に、流石《さすが》に胸の内が熱くなる栄三郎であった。

対する盛田源吾は、あれから寺の内に籠《こも》り、瞑想《めいそう》にふけり、今日の内に寺へ戻らねば送ってほしいと、幾通かの文を和尚に托して来た。その中には、母へ宛てた物も含まれている。

二人の姿を赤松の下で只《ただ》一人見守るのは、栄三郎——結局、二人共に説得できぬまま、この日を迎えた。

「今日のこと、新兵衛、生涯の思い出と致す」

筒袖に裁着袴《たつつけ》。——新兵衛が口を開いた。

「お受け下さり、真に忝《かたじけの》うござりまする」

こちらは死を決したか、白装束に身を包んだ、源吾が応えた。

「いざ……」

互いに刀の柄《つか》に手がかかった。

空を風が吹き抜け、松の青葉を揺らし、吹き散らされた雲の向こうから、富士の山が見えた。

頃やよしと、抜刀する二人——栄三郎は、黙って見ているしかないのであろうか。

その時である。

「あいや待たれい！」

その場に一人の剣客が割って入ったのである。

「大沢《おおさわ》さま……」

源吾がはっとして剣客を見た。

「大沢……。大沢鉄之助《てつのすけ》殿か……」

剣客は、藤川弥司郎右衛門の高弟、大沢鉄之助であることに新兵衛は気付いた。

「松田殿、相済まぬが、この果たし合い、この大沢鉄之助に預けてくれぬか」

大沢が静かに言った。新兵衛に劣らず偉丈夫《いじょうふ》で、げじげじ眉が何ともいかつい。

「まず、訳を聞きましょう」

新兵衛は刀を納めた。

大沢に不審の目を向けつつ、源吾もこれに倣《なら》った。

「七年前、亀山左兵衛が、松田殿と立ち合うた後、左兵衛の遺品を身共《みども》が処分することとなったのだが……」

あの日、大沢は師の供をして、藤川道場にはいなかった。亀山が死して後、当時、道場内に一間を与えられて起居していた亀山に身寄りがなかったために、これを命じられた大沢は、盛田源吾宛に認《したた》められた文を見つけた。

「すぐにそなたに渡そうとしたが、時既に遅く、そなたは旅に出て、行方知れずとなっていた。今日、このことを知り、持参致したのだ」

「左兵衛様が、私に文を……」

慌てて文を押し戴《いただ》き、その場で一読した源吾の手はわなわなと震え、みるみるうちに、文の字を涙に滲《にじ》ませた。

「何と書いてある……」

文には、もしも自分の身に異変があったとしても、決して仇討ちの類をするな。それは、我が身を辱《はずかし》めることとなり、未来永劫《えいごう》許すべからず――そう書いてあった。

「私は……。この七年の間……」

動揺が源吾の体を苛《さいな》み、咳を胸から押し上げた。何とかそれを抑え、何かを告げようとした源吾を、大沢が一喝した。

「たわけ者めが！　お前如きが七年かけたくらいで敵《かな》う相手と思うたか！」

「大沢様……」

源吾は無念の思い入れにて膝をつく。

「未熟な腕で果たし合いを挑めば、それだけ、亀山左兵衛の名を汚《けが》すこととなるのだぞ。それがわからぬか」

大沢は叱りつけると、今度は穏やかな口調となって、

「文に何と書いてあるかは窺い知れる。今のそなたの姿を見て、亀山もその心根には喜んでいよう。その文の通りに致すのじゃ。この場を引いたとて恥辱にはならぬ。松田殿、そうでござろう」

「何事も、大沢先生にお預けしたらどうだ。新兵衛、よいな」

栄三郎が進み出て、大沢に続いて言った。

新兵衛は大きく頷いて、

「この果たし合い。もとより某が望んだことではござらぬ。某、これにて御無礼仕《つかまつ》る」

「忝《かたじけな》い……」

大沢は、新兵衛に一礼すると、栄三郎に頰笑んだ。

「盛田殿、まず療治をなされよ。いつかまた、共に稽古を致そう」

「松田殿……」

源吾は、にこやかに頷く新兵衛に、深々と頭を下げた。

陽《ひ》はゆっくりと沈み行き、野に佇《たたず》む四人の剣士達を夕焼けに赤く染めた。

果たし合いは意外な結末を迎えたのであった。

その夜のことである。

田辺屋の奥の一間で、宗右衛門とお咲が、何やらこそこそと話している。

二人の顔には満面の笑みが浮かんでいた。

「先ほど、大沢鉄之助先生から、万事恙無《つつがな》くとの文が届きました。お父っさんにくれぐれもよろしくと書き添えてありました」

「そうかそうか。秋月先生もなかなかやるものだな。武士の真似《まね》事などさせておくには真に惜しい御方だ」

「まったくです。亀山左兵衛様がお書きになったという書状を集められた時は、いったい何をなさるのかと」

「その手を真似て、偽の書き置きを表具師に作らせるとは恐れ入った」

「表具師の御方は、偽の家系図などを作っているお方で、そんなことは朝飯前とか」

「何よりも、亀山様の兄弟子で、遺品を処分なされたという、大沢先生に目をつけたところがよろしい」

「でも、このことは、お父っさんの手を借りなければうまくいかなかったと、秋月先生は仰しゃっていました」

「ふっ、ふっ、それはそうだろう。お前も店の金など持ち出さずに、初めから、わたしを一枚かませておけばよかったんだよ」

「申し訳ありませんでした」

新兵衛、源吾、共に説得できぬなら、この果たし合いを取り止めにする理由と、仲裁人を作るしかない——。

そう思い立った栄三郎は、師の岸裏伝兵衛と親しかった、大沢鉄之助に目をつけた。

大沢は、藤川弥司郎右衛門の死後は、方々の直心影流の道場で師範代を務めた後、数年前から、本所亀沢《かめざわ》町に己が道場を開いた。

ところが、この道場がまったく流行《はや》らない。

大沢鉄之助は、剣技、人物共になかなかの剣客なのだが、赤石郡司兵衛《あかいしぐんじべえ》、井上《いのうえ》八郎《はちろう》といった、藤川道場の英才の蔭に隠れてしまっていた。本人はそれも我が道と納得しているが、大沢の妻というのが、町医者の娘で、これが大層気位が高く、おまけに道場を開く時に持参金を使い果たしていたので肩身の狭い思いをしていたのである。

栄三郎は、田辺屋宗右衛門を担ぎ出し、大沢を訪ね、田辺屋が道場の後ろ盾になってくれることを匂わせ、果たし合いの無意味を説き、あの場に登場させたのだ。

「ともあれ、お咲、うまくいってよかった」

「はい、これで皆、幸せになれるというものです」

「それにしても、お武家のすることはわからぬ」

「そのわからぬところに、心を引かれます」

「また、秋月先生に入門を願い出るのか」

「いけませんか」

「好きにしなさい。〝手習い道場〟にあれこれ関わるのも楽しみだ。今日の果たし合い、そっと覗き見てみたかったものですな。はッ、はッ、はッ……」

金持ちの道楽と言われてもよい。

この物好きな父娘は、秋月栄三郎と松田新兵衛との間にある風変わりな友情に、自分達も入り込みたいという想いを、ますます募らせている。

さて、その栄三郎と新兵衛は、居酒屋〝そめじ〟にいた。

新兵衛ほどの剣客でも、果たし合いを終えた後の脱力感は、それが取り止めとなっても、やはり相当なものがある。

栄三郎は、友を気遣い、飲みに誘ったのだ。

この前と同じ、小上がりで向かい合う二人を、今日は板場の前の床几《しょうぎ》に腰かけ、お染はそっと眺めている。

いつもの如く、陽気に話す栄三郎の前で、新兵衛は怒ったように、何やら物思いに耽《ふけ》っている。それがどうも近寄り難さを醸《かも》しているのだ。

「まあ、とにかくよかったではないか」

「何がよかったのだ」

「お前よりはるかに腕が劣り、胸を患《わずら》っている男を斬っても、真の果たし合いとは言えぬだろう」

「盛田の七年間の成果を見たわけでもなかろう」

「お前、そんなに奴を斬りたかったのか」

「斬りたくて果たし合いをする馬鹿がいるか。斬るか斬られるかは、仕合の決着に過ぎぬ」

「もういいだろう。元々、お前が望んだ仕合ではなし、大沢先生は、盛田をお母上のいる、常陸の下館に戻すと仰しゃっている。これでよかったのだ」

「どうも、おれは合点がいかぬのだ……」

新兵衛、今日は随分と酒に酔っている。

「あの、何かというと剣の技量を鼻にかけていた亀山左兵衛が、たかが木太刀での立合に臨んで、わざわざ遺言めいた書き置きなど残すか」

「それだけ、新兵衛が手強い相手だと思ったのだろう」

「そもそも盛田源吾宛の書き置きがあるなら、早く渡してやれというのだ。大沢鉄之助、何をぐずぐずしていやがるのだ」

「あの人は昔から少し間が抜けていたからな」

「大沢は、盛田が帰ってきたことをどうやって知ったのだ」

「それは……、おれが知らせた」

「栄三郎が？」

「まあ、昔のことを知っている者に、とりあえず報せておこうかと」

「ほう……」

新兵衛は疑いの目を、栄三郎に向けると、盃《さかずき》をぐっと飲み干した。

「栄三郎、さてはお前、仕組んだな……」

「何を仕組んだと言うのだ」

「大沢鉄之助と謀《はか》って、果たし合いを止めさせたのだろう」

「いい加減にしろ。大沢先生があの場で申されたことは正しいとおれは思う。お前だって、いつか共に稽古を致そう……。などと言って得心したではないか」

「ああ、あの場では得心した」

「この場では違うのか。男らしくないぞ」

「何だと……」

「一旦、得心したことを蒸し返すなと言っているのだ」

「おれがお前に言いたいのは、お前は剣客の生き様というものをまるでわかっちゃあいないということだ」

新兵衛、話す言葉がもつれてきた。

「剣客の生き様なんて知りたくもねえや。おれは大事な友だちを下らねえことで、傷つけたかねえ。それだけだよ」

「うむ……」

新兵衛は言葉に詰まって、また飲んだ。

そこへ、中間奉公から戻ってきた、又平が店に入ってきた。

又平は、険《けわ》しい顔で飲んでいる、栄三郎と新兵衛の姿にたじろいで、

「旦那二人、何かあったのかい」

　と、板場の前の床几に腰かけているお染に尋ねた。

「さあ、さっぱりわからないねえ。まあ、とどのつまり、あの二人は互いに惚れ合っているってことさ。ああ、暑苦しくて仕方がないよ……」

「何でえ、そりゃあ……」

　首を傾《かし》げる又平の向こうで、新兵衛が栄三郎に尚も絡む。その目にうっすらと涙を浮かべて――。

「気に入らぬ。どうもおれは気に入らぬぞ」

「まあ、飲め、新兵衛」

「ああ、飲んでやる。飲んでやるとも、また、栄三郎におもしろくない男と言われるからな。だいたいおぬしはだな……」

本書は二〇一〇年一二月、小社より文庫判で刊行されたものの新装版です。

一〇〇字書評

取次屋栄三

切り取り線

購買動機（新聞、雑誌名を記入するか、あるいは○をつけてください）

□（　　　　　　　　）の広告を見て	
□（　　　　　　　　）の書評を見て	
□ 知人のすすめで	□ タイトルに惹かれて
□ カバーが良かったから	□ 内容が面白そうだから
□ 好きな作家だから	□ 好きな分野の本だから

・最近、最も感銘を受けた作品名をお書き下さい

・あなたのお好きな作家名をお書き下さい

・その他、ご要望がありましたらお書き下さい

住所	〒				
氏名		職業		年齢	
Eメール	※携帯には配信できません	新刊情報等のメール配信を 希望する・しない			

この本の感想を、編集部までお寄せいただけたらありがたく存じます。今後の企画の参考にさせていただきます。Eメールでも結構です。

いただいた「一〇〇字書評」は、新聞・雑誌等に紹介させていただくことがあります。その場合はお礼として特製図書カードを差し上げます。

前ページの原稿用紙に書評をお書きの上、切り取り、左記までお送り下さい。宛先の住所は不要です。

なお、ご記入いただいたお名前、ご住所等は、書評紹介の事前了解、謝礼のお届けのためだけに利用し、そのほかの目的のために利用することはありません。

〒一〇一‐八七〇一
祥伝社文庫編集長　清水寿明
電話　〇三（三二六五）二〇八〇

祥伝社ホームページの「ブックレビュー」からも、書き込めます。
www.shodensha.co.jp/bookreview

祥伝社文庫

取次《とりつぎ》屋《や》栄《えい》三《ざ》〈新装版《しんそうばん》〉

令和 5 年 9 月 20 日　初版第 1 刷発行

著　者　岡本《おかもと》さとる

発行者　辻　浩明

発行所　祥伝社《しょうでんしゃ》

東京都千代田区神田神保町 3-3
〒 101-8701
電話　03（3265）2081（販売部）
電話　03（3265）2080（編集部）
電話　03（3265）3622（業務部）
www.shodensha.co.jp

印刷所　錦明印刷
製本所　ナショナル製本
カバーフォーマットデザイン　中原達治

 ISBN978-4-396-35009-3 C0193

祥伝社文庫　今月の新刊

西村京太郎
十津川直子の事件簿

奥様は名探偵！　十津川顔負けの推理で謎に挑む直子の活躍を描いた傑作集、初文庫化！
鉄道トリック、動物ミステリ、意外な真相…。

太田忠司
道化師の退場

はじまりは孤高の女性作家殺人事件――死に臨む探偵が、最後に挑む難題とは？『麻倉玲一は信頼できない語り手』著者の野心作！

松嶋智左
出署拒否　巡査部長・野路明良《のじあきら》

辞表を出すか、事件を調べるか。クビ寸前の引きこもり新人警官と元白バイ隊エース野路が密かに老女殺人事件を追う!?　好評第三弾！

有馬美季子
おぼろ菓子　深川夫婦《めおと》捕物帖

花魁殺しを疑われた友を助けるべく、料理屋女将と岡っ引きの夫婦が奔走する！　彩り豊かな食と切れ味抜群の推理を楽しめる絶品捕物帖！

岡本さとる
取次屋栄三《えいざ》　新装版

剣客・栄三郎は武士と町人のいざこざを知恵と腕力で取り持つ取次屋を始める。幼馴染の窮地を知るや、大名家の悪企みに巻き込まれ――。